시는 언제나,

르네 샤르

지은이 이찬규

숭실대학교 불어불문학과 교수. 성균관대학교 불어불문학과를 졸업한 뒤, 프랑스 리옹II 대학교에서 문예학 박사학위를 받았으며『작가세계』를 통해 문학 평론을 시작했다.

주요 저서로는『횡단하는 문화: 랭보에서 김환기로』,『불온한 문화, 프랑스 시인을 찾아서』가 있으며, 주요 논문으로는「알베르 카뮈와 김훈: 재난의 장소에 대하여」,「에밀 졸라의 〈인간 짐승〉에 나타난 사운드 스케이프 연구」,「클로드 베르나르의 실험 의학: 19세기 프랑스 문학에 나타난 자연주의와 근대성의 기원 연구」가 있다. 현재는 랭보가 시 절필 이후 쓴 편지들, 크리스티앙 보뱅, 그리고 촉각에 대한 글을 읽거나 쓰고 있다.

시는 언제나, 르네 샤르

초판1쇄 펴냄 2023년 5월 31일

지은이 이찬규
펴낸이 유재건
펴낸곳 (주)그린비출판사
주소 서울시 마포구 와우산로 180, 4층
대표전화 02-702-2717 | **팩스** 02-703-0272
홈페이지 www.greenbee.co.kr
원고투고 및 문의 editor@greenbee.co.kr

편집 이진희, 구세주, 송예진, 김아영 | **디자인** 권희원, 이은솔
마케팅 육소연 | **물류유통** 유재영, 류경희 | **경영관리** 유수진

ISBN 978-89-7682-698-5 03860

독자의 학문사변행學問思辨行을 돕는 든든한 가이드 _(주)그린비출판사

이 저서는 한국프랑스어문교육학회 송정희 교수 출판 지원금을 받아 출판되었음

시는 언제나, 르네 샤르

이찬규 지음

문학과지성사

차례

시는 언제나

알다시피, 언어로 표현될 수 없는 것이 있다. 그리고 언어로 표현될 수 없는 것을 언어를 통해 알게 되는 경우가 있다. 어떤 때는 "쓴 글과 읽은 글이 모두 무효"(김훈, 2008:7)임을 알려 주는 것도 언어이다. 르네 샤르는 그런 언어의 경우를 믿었다. 그는 시를 썼다. 시에 대해서도 말했다. 시와 더불어 우리는 '누군가'가 될 수 있다고 했다.

> 시는 언제나 누군가와 혼례하고 있으니. (OC:159)*

국내에는 르네 샤르의 번역 시집이나 그에게 온전하게 할애된 저작이 아직 없다. 프랑스 현대시에 관심을 가진 남다른 독자들에게도 그의 이름이 그리 익숙하지 않은 까닭이다. 샤르와 함께 활동했던 동시대의 대표적 시인들, 폴 엘뤼아르, 프랑시스 퐁주, 자크 프레베르, 앙리 미쇼 등에 비해서 그렇다.** 프랑스에서도 그의 시 세계는 아직 실체가 제

---

*   샤르의 작품은 1983년 갈리마르(Gallimard)의 〈플레이아드(Pléiade) 총서〉에서 간행한 『르네 샤르 전집』(*Oeuvres complètes de René Char*)에서 번역해 인용했다. 표기된 OC는 전집의 약어이고 숫자는 책의 쪽수를 가리킨다.

**   열거한 시인들의 대표 작품집들은 모두 국내에 번역되어 있다.

대로 드러나지 않은 쪽에 속한다. 시학자 다니엘 베르제의
설명을 따르면, 샤르의 시는 난해하기로 정평이 나 있다. 그
의 시가 독자에게 끊임없는 성찰을 요구하기 때문에 '철학-
시'라고 명명되기도 한다는 것(Bergez, 1986:181). 성찰이란
무엇인가. 헤아림을 서두르지 않는 태도일 것이다. 그의 시
에서 서둘러 논리를 찾지 않는다면, 그 시는 "자라나는 현
재"(OC:260)마냥 점점 재미있어지는 데가 있다.

　　샤르의 시가 난해함으로 불리는 것은 우선 세계에 대
한 감각의 갱신에서 비롯된다. 감각의 갱신은 아름답기도 하
고 아름답지 않을 수도 있다. 좀 더 나가자면 샤르의 시 작
품에는 시적인 것의 통념을 벗어나는 이질적인 것들이 생동
한다. 그 이질적인 것은 시의 한계와 근원을 동시에 헤아리
면서 생겨나는 것 같은데, 요약하기 어렵다. 모리스 블랑쇼
(Maurice Blanchot, 1907~2003)는 샤르의 시를 두고 "시의 시"
라고 명명했다. 블랑쇼의 명명은 시에 대한 그러한 이질성과
맞물리는 듯하다. 샤르는 시에서 시를 지연시킨다. 우리는 그
의 시를 읽으며 시가 부단히 도래하는 것을 알게 된다. '도래
하는 시'에 대한 애독자들이 더러 있다. 이를테면 미셸 푸코
(Michel Foucault, 1926~1984)이다. 푸코는 자신의 박사학위 논
문이었던 『광기와 비이성: 고전주의 시대의 광기의 역사』에

서 샤르의 글을 제사로 사용했다.

> 이제 막 속삭이기 시작하는 슬프고도 장한 동료들이여, 꺼진 램프로 가라 그리고 보석들을 되돌려 주어라. 새로운 신비가 당신들의 뼛속에서 노래하니. 당신의 정당한 낯섦을 일구어 내라. (OC:160)*

푸코는 출처를 밝히지 않고 책의 서문에서 이 글을 인용하고 있지만, 이는 바로 샤르의 것이다.** 왜 샤르의 글귀가 인용되었는지에 대해서는 본 글에서 그 이유를 조금씩 풀어 볼 수 있겠다. 푸코의 전문 연구가인 심세광 선생도 이 글을 좋아했다. 술이라도 한잔 나누면, '낯섦'이 '정당한' 시간이

---

*   Michel Foucault, *Folie et Déraison: Histoire de la Folie à l'âge classique*, Plon, 1961, p.X. 박정자는 샤르의 시를 다음과 같이 옮겼다. "힘겹게 중얼거리고 있는 비장한 동지여, 등불을 끄고 보석을 주게나. 새로운 신비가 그대 뼛속에서 노래하고 있나니. 그대의 정당한 남다름을 계발하게나."(에리봉, 2012:107) 샤르의 글이 국내에 번역된 경우는 그것을 참고하였으나, 필요한 경우 이와 같이 원문을 통해 수정하거나 달리 번역했다.

**   "푸코의 초기 작품에서 말년의 작품에 이르기까지, 즉 1953년 빈스방거의 번역문 서문 『꿈과 실존』에서부터 1961년 『광기와 비이성』 서문에 이르기까지 수많은 글에서 르네 샤르의 시의 흔적을 볼 수 있다."(에리봉, 2012:106~107)

될 때까지 같이 마시자고 했다. 푸코는 샤르를 "가장 집요하
고도 가장 억제된 진실"(에리봉, 2012:107)을 발화하는 시인이
라고 했다. 덧붙이면, 푸코는 스웨덴에 있을 당시 프랑스 문
화원장직을 역임했다. 그는 자기 방으로 찾아오는 학생들이
샤르의 시를 하나라도 외우지 못하면 만나지 않았다. 까다로
운 원장이었다.

　　독일의 철학자 한나 아렌트(Hannah Arendt, 1906~1975)
는 말년쯤에 『과거와 미래 사이』를 썼다. 여덟 개의 정치사상
에 관한 '철학적 연습'을 제시하는 두꺼운 책이었다. 책은 샤
르의 글 한 줄로 시작되었다.

　　　우리의 유산은 어떤 유서보다 앞선다. (OC:190)*

　　아렌트는 샤르의 글을 인용하면서 "이상하게 앞뒤가
연결되지 않는 경구"인데, "4년간의 레지스탕스 활동이 유럽
의 작가와 지식인 세대 전체에게 어떤 의미"(아렌트, 2005:9)
인지를 "한 줄로 축약해서" 보여 주고 있다고 덧붙였다. 그

---

*　　『과거와 미래 사이』를 번역한 서유경은 샤르의 글을 다음과 같이 옮
　　겼다. "우리의 유산은 유서 없이 우리에게 남겨졌다."(아렌트, 2005:9)

인용문은 샤르가 독일강점기 때 저항군(레지스탕스)으로 활동하면서 잠깐씩, 짧게 썼던 글 중의 하나였다 — 전투가 잦아서 길게 글을 쓰기 어려웠다. 아렌트는 샤르의 경구가 지닌 '의의'**를 의미화했다. "이상하게 앞뒤가 연결되지 않는 경구"이지만, 아렌트는 그 짧은 역설의 경구가 정확하게 역사적 체험으로 비롯된다고 보았다. 그이는 샤르의 구절을 19세기 정치철학자 토크빌(Alexis de Tocqueville, 1805~1859)의 구절을 대응시켜 해석했다. "과거가 미래를 비추기를 중지했기 때문에 인간의 정신은 어둠 속에서 방황하고 있다."(아렌트, 2005:14)*** 하지만 유서보다 앞서는 유산, 그 무명성(無名性)의 시적 의의는 아렌트가 생각한 것보다 확장될 수 있다.

대개 체험은 논리를 앞서 나간다. 그래서 논리를 역설적으로 만들기도 한다. 이같이 샤르는 짧게 썼다. 조르주 풀레는 그 점에 대해 언급했다. "샤르의 시보다 더 필연적으로

**   "이 세계는 우리에게 항상 의의(意義, significance)를 지님으로써 '항상 생생하게 유지된다'. 다시 한번 '의미'보다는 '의의'에 관해 말하는 편이 더 낫다고 하겠는데, 이유는 '의미'는 정확하고 질서 정연하기까지 한 어떤 것을 암시하는 반면 '의의'는 그렇지 않기 때문이다."(워낙, 2016:159)

***   이 구절은 토크빌의 『미국의 민주주의에 대하여』(De la démocratie en Amérique, 1835)에 들어 있다.

짧은 것은 없다."(Poulet, 1964:94) 누구는 잠언의 시, 어떤 누
구는 아포리즘의 시라고 했다. 이런 것들이 다발처럼 모였다.
다발은 비연속적이고 파편적이었다. 샤르의 시가 "불규칙하
게 모여 있는 크고 작은 섬들"과 같다고도 했다. 섬들 사이에
는, 알다시피 '사이'가 있고, 그 사이가 개방성을 만들었다. 샤
르의 짧은 문장을 바라다보고 있으면 또 다른 타자의 문장들
이 뜬금없이 떠오른다. 어떤 문장이든지 다 그렇게 이어지지
만, 샤르의 것은 좀 세다. 그래서 풀레는 그의 짧은 글쓰기가
"최대한 확장된 특징"을 가지고 있다고 했다. 샤르는 『말의
군도』(*La parole en archipel*)에서 이렇게 썼다. 그러니까 "외침"
의 사이를 들었다.

> 나에게 너의 침묵을 건네주는 너의 외침은 얼마나 아름다운
> 가! (OC:373)

이런 한 줄의 시적 경구는 오래전에 읽었던 김기택의
『소』를 다시 읽게 하기도 하고, 읽지도 않고 책장에 꽂아 두
었던 『성 김대건 안드레아 신부의 서한』을 허겁지겁 펼치게
하기도 한다. 알베르 카뮈(Albert Camus, 1913~1960)는 생전에
자신의 최고 역작을 『반항하는 인간』(*L'Homme révolté*)으로 꼽

았다. 그는 시인들의 과도한 감성을 대개 마뜩잖아했다. 그런데 이 책에서 르네 샤르가 칭송의 대상으로 등장한다. 샤르는 로트레아몽, 아르튀르 랭보, 앙드레 브르통의 시적 반항의 궤적을 넘어서 그들이 이루어 내지 못했던 "우리 시대의 신새벽"을 고하는 시인으로 자리매김된다.

그래서일까. 샤르는 『반항하는 인간』의 대미를 마무리 짓는 자리에 다시 등장한다. 카뮈는 우선 "유럽의 비밀은, 유럽이 이미 삶을 사랑하지 않고 있다는 데에 있다"라고 적는다. 뒤이어 샤르의 아포리즘적 글쓰기에 등장하는 "활"의 의미에 대해서 꽤나 길게 이야기한다. 그러니까 그 활은 유럽의 암울한 시간 속에서 "반항적 허무주의"를 깨트린다. 카뮈는 계속 쓴다. "활은 휘어지고 활등이 울린다. 최고도의 긴장의 절정에 이르러 곧은 화살은 더없이 억세고 자유롭게 비약하여 날아갈 것이다." 대미를 위해 따다 쓴 샤르의 글은 이렇다.

추수에 대한 집념과 역사에 대한 무관심이 내가 당기는 활의 양쪽 끝이다.
가장 음험한 적은 현시성이다. (OC:754)

샤르는 그의 고향인 남부 프로방스의 시인이었다. 작가와 예술가들이라면 여하간 파리에서 활동하던 시절이었다. 그렇지 않으면 온갖 유행의 메카였던 파리의 출판·협회·대중의 네트워크에서 잊히기 십상이었다. 샤르 또한 한때 초현실주의 운동에 참여하여 파리에서 활동했지만 서른이 되기 전에 귀향했다. 한창나이에 잊히는 것은 아쉬운 일이기에, 청년 시절의 낙향은 흔치 않은 경우였다. 몇몇 연구가들은 그의 작가적 지명도가 상대적으로 낮은 까닭을 이러한 낙향 때문이라고 언급한다. 샤르는 그 후 고향을 떠나지 않고 살다가 죽었다. 카뮈는 샤르에게 편지를 썼다. 그중 한 구절은 이렇다.

당신을 알기 전에는, 시 없이도 잘 지냈습니다.

샤르의 무덤을 찾아갔더니, 무덤의 돌쩌귀 틈에서 자라난 라벤더 나무가 사람 키를 넘어섰다. 남프로방스에서 지천으로 볼 수 있는 식물이다. 울울하게 자란 라벤더 때문에 묘석에 새겨진 그의 이름과 생몰의 날짜도 잘 보이지 않았지만, 누구도 그것을 걷어 낼 생각을 하지 않았다. 걷어 내지 않으니, 도리어 보기 좋았다. 찾아간 시간이 저녁 무렵이어서 라벤더의 보랏빛이 석양에 섞여 들었다. 라벤더 향기가 그의 시 한 구절처럼, "빛나는 후광이 향기로 시작되었던 초롱"같이 은성하게 전해졌다. 자연으로 통과하는 시인의 "흔적" 같았다.

> 어떤 시인은 통과의 흔적들을 남겨야 한다, 증거들이 아닌. 흔적들만이 유일하게 꿈꾸게 한다. (OC:382)

1957년 알베르 카뮈는 노벨문학상을 받았다. 수상식 직전에 기자회견이 이루어졌다. 조금은 뜬금없는 일이었는데, 카뮈는 샤르를 길게 언급했다.

> [⋯] 제가 보기에 우리의 가장 위대한 프랑스 시인인 르네 샤르는 저에게 한 사람의 시인, 위대한 시인, 무한한 재능을 지닌 작가일 뿐 아니라 문자 그대로 형제이기도 합니다. 불행히도 그의 시는 번역이 되지 않아서 여러분이 어떻게 그걸 번역할지 모르겠지만 정말 그럴 수 있으면 좋겠습니다. 왜냐하면 이 작품은 가장 위대한 작품들 가운데, 정말이지 프랑스 문학이 낳은 최고의 작품들 가운데 하나이기 때문입니다. (Camus·Char, 2007:213)

이 책에서 샤르에 대해 말하기 위해 그의 시편들을 이래저래 번역했다. 시를 옮기면서 카뮈의 말도 이따금 떠올랐다. "불행히도 그의 시는 번역이 되지 않아서 여러분이 어떻게 그걸 번역할지 모르겠지만 정말 그럴 수 있으면 좋겠습니다." "가장 위대한 작품"에 대한 번역은 퍽 힘들겠지만, 그 힘듦이 주는 즐거움도 그만큼 크다. 다만 여기에서 더 말하고 싶은 것은 힘듦이나 즐거움보다 부러움이다. 자신의 노벨문학상 기자회견에서 조곤조곤 동료의 작품을 칭찬하는 카뮈의 우정이 부럽다. 그런 동료가 있는 것도, 그런 동료가 되는 것도. 그 믿음이.

이런 삶을 함께했던 그 믿음이.

사랑하기 위해서만 고개를 숙여라. 죽으면, 다시 사랑할지니. (OC:266)

우리의 인식을 재배치하는 시, 죽으면, 다시 사랑할 수 있도록.

— 우이동에서 이찬규

르네 샤르(René Char) 연보*

나는 희망할 수 없는 것을 희망한다.

아니면 무엇을 희망하겠는가.

삶, 삶, 삶. ― 보뱅

1907년(1세)

6월 14일, 프랑스 남부 프로방스 지방의 작은 읍에 해당하는 릴쉬르라소르그(L'ile-sur-la-Sorgue)의 네봉(Névons)에서 시인 르네 에밀 샤르는 태어난다. 샤르는 친할아버지가 터를 닦은 네봉의 저택에서 유년 시절을 보내게 되는데, 이곳은 그의 작품 속에서 헤테로토피아(Hétérotopies)적 장소로 끊임없이 재현된다. 그러니까 "모든 장소들에 맞서서 어떤 의미로는 그것들을 지우고 중화시키고 혹은 정화시키기 위해 마련된 장소"(푸코, 2014:13)가 된다. 이를테면 "물새 냄새가 나는 부드러운 이 우물이 바다이거나 아니면 무(無)"가 되는 장소(OC:309). 행복했다고 말할 수 있었던 유년 시절은 두 개의 비극(제1차 세계대전의 시작과 아버지의 죽음)으로 인하여 어두워진다.

눈길을 끄는 것은 르네 샤르의 대모(代母)가 그 유명한 사드 백작

* 연대 지표는 『르네 샤르 전집』(*Oeuvres complètes de René Char*, 1983)과 『마가진 리테레르』(*Magazine littéraires*, 1996)의 르네 샤르 특집호, 그리고 에릭 마티(Eric Marty)의 『르네 샤르』(*René Char*, 1990)를 참조했다.

의 공증관리인의 후손이라는 점인데, 대모의 서가는 샤르가 18세
기 문학과 사드의 친서들을 접하는 계기가 된다.

1918년 (12세)

아버지 사망. 마을 사람들, 특히 산림 관리원 루이 퀴렐과 무기 상
인 장 판크라스 누귀에로부터 고향을 둘러싸고 흐르는 강의 물결
과 색깔, 그리고 천체와 기후를 읽는 취미를 물려받는다. 고향 사
람들은 시인의 남다른 서정에 결정적인 영향을 끼친다.

> 그리도 낮게, 당신은 푸른 물이고 여전히 하나의 길.
> 당신은 죽음의 무질서로 죽음을 넘어가고. (OC:423)

아버지의 죽음 이후 가정 형편이 급격히 기울어, 경제적 어려움
을 겪게 된다.

1924년 (18세)

튀니지 여행. 비용, 라신, 네르발, 보들레르를 손에 잡히는 대로
읽는다. 그해 문학사에서는 샤르가 이후에 만나게 될 앙드레 브
르통이 『제1차 쉬르리얼리즘 선언』을 출판한다.

1925년(19세)

마르세유에 있는 상업학교에 다니기 시작한다. 수업을 듣기보다는 으슥한 구(舊) 항구에서 장사를 하기 시작해, 술집 등에 위스키와 채소를 갖다 대며 항구도시에서의 생활비를 충당한다.

1927년(21세)

포병부대에서 18개월 동안 복무한다.

1928년(22세)

1922년에서 1926년 사이에 쓴 글들을 모아 첫 번째 시집 『심장 위의 종들』(*Les cloches sur le coeur*)을 출간한다. 하지만 샤르는 얼마 후에 친구들에게 헌정했던 시집들까지 찾아내 불태워 버린다.

1929년(23세)

시집 『병기창』(*Arsenal*) 간행. 시를 읽다가 알게 된 폴 엘뤼아르에게 한 부를 보내고 답장을 받는다. "우리가 서로를 더 잘 알게 되는 일이 가능하지 않을까요? 파리에 오실 수는 없는지요? 당신의 시를 얼마나 사랑하는지 전할 수 있어서 행복합니다."(Char, 1990:41에서 재인용) 그해 가을 엘뤼아르는 샤르가 있는 릴쉬르라소르그에 불쑥 찾아온다. 두 시인의 첫 만남. 끈질기고도 성실한 우정이 지속된다.

그해 겨울 첫 파리 여행. 엘뤼아르의 소개로 당시 쉬르리얼리즘 문학의 핵심 멤버들이던 앙드레 브르통, 루이 아라공, 르네 크르벨 등과 파리에서 만나게 된다. 이들과 의기투합하여, 잡지 『혁명에 봉사하는 초현실주의』(*Le Surréalisme au service de la revolution*)에 글을 싣기 시작한다. 또한 제국주의와 극우 동맹에 반대하는 소책자, 삐라 발간에 참여한다.

1930년(24세)

시집 『비밀들의 무덤』(*Le tombeau des secrets*)을 엘뤼아르에게 헌정한다. 랭보, 로트레아몽, 독일 낭만주의 작가들과 연금술에 대한 서적들을 읽는다. 한편으로는 소크라테스 이전 철학자들의 작품에 심취한다. 그의 정신적 지주가 되는 철인(哲人) 헤라클레이토스(Héraclite)를 발견하는 계기가 된다.

브르통, 엘뤼아르와 함께 공동창작집 『작업 서행』(*Ralentir travaux*) 간행. 콜라주 기법을 사용해, 번갈아 가며 나오는 세 시인의 글이 서로 연결되도록 작업한다. 샤르는 이 작품집에서 처음이자 마지막으로 자동기술적인 글쓰기를 시도한다.

1931년(25세)

시집 『정의의 행동은 꺼져 있다』(*L'action de la justice ést eteinte*) 간행. 엘뤼아르와 함께 당시 초현실주의자들의 우상이 된 사드 백작의 흔적들을 찾아 여행한다.

1932년(26세)

조르제트 골드스타인과 결혼한다.

1933년(27세)

아내와 고향 근처에 머물며, 시집 『풍요는 올 것이다』(*L'Abondance viendra*) 간행.

1934년(28세)

파시스트들의 폭동에 항의하는 2월 6일 파리 대시위에 참가한다. 시집 『주인 없는 망치』(*Le marteau sans maître*)를 간행, 그의 아내 조르제트에게 헌정한다. 점차적으로 초현실주의 그룹과 거리를 두게 되고, 그의 작품 곳곳에서 무의식, 연금술, 꿈의 세계에 기반을 둔 글쓰기에 대한 거부감이 나타나기 시작한다. 이러한 거부감은 자신의 세계에 대한 부단한 확장성에서 비롯된다. 훗날 앙드레 브르통에게 보내는 한 편지에서 이렇게 말한다. "친애하는

앙드레, 나는 같은 대상을 두 번 좋아할 수 없습니다. 나는 가장
확장된 이질성을 위해 존재합니다."(OC:661) 샤르는 초현실주의
의 으뜸되는 주제인 '경이'(驚異)에 대해서도 언급한다. "내게 있어
서 어떤 경이들의 중요성은 사라졌지만, 내 자신이 경이롭게 될
권리를, 온 힘을 다해서, 밀고 나갈 것임을 전합니다."(OC:660)

1935년(29세)

고향의 강, 라 소르그 기슭의 작은 섬에서 많은 날들을 보낸다.
그의 친구, 르네 크르벨 자살. 초현실주의 그룹 안에서의 몰인간
적인 행위, 동료들 간의 파벌과 축출 등이 눈이 맑은 한 시인을 죽
음으로까지 몰고 갔다고 샤르는 통분한다. 초현실주의 그룹, 특히
루이 아라공과의 완전한 결별의 계기가 된다. 샤르는 말년까지
크르벨을 잊지 못한다.

> 제가 알고 있는 사람들 중에서, 그는 천성적으로 자기
> 가 가진 모든 것들을 가장 빨리, 가장 잘 건네줄 수 있
> 는 사람이었습니다. 그는 나누지 않았습니다. 그는 주
> 었습니다. (OC:715)

1936년(30세)

악화된 패혈증으로 오랫동안 사경을 헤맨다. 와병 중에 피카소의 그림이 실린 시집 『이별이 속한 곳』(*Dépendance de l'adieu*) 간행. 엘뤼아르가 이 시집의 간행을 전적으로 도와준다. 회복기에 또 하나의 시집 『최초의 물레방아』(*Moulin premier*)를 출간한다. 이 시집의 간행 또한 엘뤼아르가 도맡는다.

1937년(31세)

소시집 『아이들의 등굣길을 위한 벽보』(*Placard pour un chemin des écoliers*) 간행. 책의 첫머리에 「스페인의 어린이들에게」라는 헌사가 적혀 있는 것을 볼 수 있다. 그해 발발한 스페인 전쟁의 비극이 작품 속에 형상화된다.

1938년(32세)

시집 『밖에는 밤이 지배된다』(*Dehors la nuit est gouvernée*) 간행. 그해 히틀러는 오스트리아를 침공한다.

1939년(33세)

9월 3일 프랑스와 독일 간의 전쟁 발발. 샤르는 님(Nîmes)에 있는 포병부대로 소집된다. 그 후 알자스 지방으로 이동, 1940년 5월까지 주둔한다. 전쟁기간 동안 본 알자스 지방의 삶과 풍경들이 시인의 가슴속에 오랫동안 각인된다. 이 해부터 전쟁이 끝날 때까지 시집을 출간하지 않는다.

1940년(34세)

피난민들이 르와르강을 건너갈 수 있도록, 소수의 병력으로 지앙(Gien) 다리를 사수하는 전투에 참가한다.

‣ 6월 22일 파리 함락, 프랑스 항복

중사로서 전역 제대, 낙향한다. 그러나 초현실주의 그룹 시절, 극우파 동맹에 반대했던 경력이 원인이 되어 친나치 정부의 경찰국으로부터 수배를 받는다. 아내와 함께 집을 떠나 친구들 집으로 피신한다.

1941년(35세)

레지스탕스 저항군들과 접촉 시작. 미국으로 피신 가는 앙드레 브르통을 마르세유 항구에서 우연히 만난다.

1942년(36세)

알렉상드르(Alexandre)라는 가명으로 레지스탕스에 입당한다. 곧 프랑스 남쪽 지역 비밀부대의 책임자가 된다. 레지스탕스 활동이 조직화되면서 샤르는 바스잘프(Basses-Alpes) 지방의 낙하산부대 착륙 지역의 책임자가 된다. 장시간 하늘을 감시하는 경계시간 속에서, 태양에 눈을 다친다. 그는 잠깐의 휴식이 주어질 때마다 호주머니에서 수첩을 꺼내 글을 적는다. 이 글 조각들은 해방 이후 『히프노스의 단장』(*Feuillets d'Hypnose*)에 실리게 된다.

> 시인은 말씀의 성층권에 오래 머물 수 없다. 그는 새로운 눈물 속으로 똬리를 틀어야 할 것이며 그의 법칙 안에서 좀 더 앞으로 뻗어 나가야 할 것이다. (OC:180)

1944년(38세)

전투부대 지역 사령관의 보좌관으로서 크고 작은 전투에 참가한다. 전투 중 로제 소동, 프랑시스 퀴엘, 에밀 카바뉘, 로제 베르나르 등 절친한 동지들을 잃는다. 그는 카바뉘에 대해 이렇게 적었다.

> 독일군들은 행동하는 나의 최상의 형제를 지워 갔다. 이론적인 양식이 없었던 사람 그러나 그 어려움들 속에서, 선량함에서 불변의 아름다움으로 커 나갔던 사람. [⋯] 나는 그를 사랑했다. 열광도 없이, 쓸데없는

무게도 없이. 흔들림 없이. (OC:213)

샤르 자신도 계곡에 은닉한 무기들을 야간에 급히 수송하다가, 수미터 절벽으로 추락하여 팔이 부러지고 척추와 머리를 다치는 중상을 입는다. 완쾌되지 않은 몸으로 알제리에 위치한 북아프리카 연합사령부의 호출을 받는다. 그곳에서 프로방스 지방 상륙작전을 준비한다.

‣ 8월 15일 연합군이 지중해를 거쳐 프로방스 지방에 상륙
‣ 8월 26일 파리 해방

시집 『형식적 분할』(*Partage formel*) 간행.

1945년(39세)

시집 『유일한 자들은 머문다』(*Seuls demeurent*) 간행. 전쟁이 발발한 1939년 이후 오랜 공백기를 거쳐 출판된 이 시집은 문학계에 커다란 반향을 불러일으킨다. 대독 협력자들의 재판에 참석하여 줄 것을 요청받았으나 거부한다. 본문에서 후술하겠지만, 모리스 블랑쇼의 한 구절은 이러한 거부의 의미를 얼마간 헤아리게 한다. "우리가 거부하는 것은 가치가 없거나 중요성이 없어서가 아니다. 그건 바로 거부가 필요하기 때문이다. 우리가 더 이상 받아들이지 않아야 할 이유가 있는 것이다. 우리를 두렵게 만드는 것

은 지혜라는 외양을 띠고 있는 것이다. 우리가 듣지 않을 것은 바로 일치와 화해라는 제안이다. 단절은 생겨났다. 우리는 너무나 솔직해져 더 이상 공모해 줄 수 없게 되었다."(블랑쇼, 2022:194)

› 4월 30일 히틀러 자살

알베르 카뮈와의 만남. 폴 엘뤼아르와 더불어 문우로서 가장 가깝게 지내는 사이가 된다. 카뮈는 휴가 동안 샤르의 고향에 자주 머문다. 그러나 불행히도 이 두 명의 친구들은 샤르보다 훨씬 일찍 타계하게 된다. 카뮈가 자동차 사고로 죽은 후, 샤르는 자동차 타는 것을 극도로 싫어하게 된다. 1959년 12월, 샤르는 카뮈에게 보낸 마지막 편지에 이렇게 적는다.

> 당신이 루르마랭을 떠나기 전에 한 나절이라도 함께 보내고 싶습니다. 어떤 날이 좋으신지요? 목요일, 금요일, 토요일이나 일요일? 제 전화번호는 릴 16번(생 마르탱 호텔)입니다. 당신의 전화 한 통에 행복해질 것 같습니다. 결정할 시간을 갖도록 가능하면 오전에 걸어 주세요. 염려 마세요. 저는 정해진 날 오전에 자동차로 루르마랭으로 이동할 겁니다. (카뮈·샤르, 2017:212~213)

1946년(40세)

갈리마르 출판사에서 카뮈가 담당하고 있는 〈에스푸아르 총서〉(희망 총서)에서 『히프노스의 단장』을 간행한다. 특히 이 작품집은 레지스탕스 기간의 체험이 녹아 있는 다양한 형식의 글모음들을 싣고 있다. 히프노스(Hypnose)는 그리스 신화에 나오는 잠의 신이며, 죽음의 신 타나토스의 형제이다. 히프노스라는 이름은 나치가 창궐하던 시간, 즉 세계가 죽음 같은 잠에 눌려 있었던 시간을 상징한다고 볼 수 있다.

1947년(41세)

시집 『가루가 된 시』(*Le poème pulvérisé*), 소시집 『이야기하는 샘』(*La fontaine narrative*) 간행.

1948년(42세)

시집 『분노와 신비』(*Fureur et mystère*) 간행.
20세기 연극계에 '경악 효과'를 창시한 앙토냉 아르토 사망. 샤르는 시립병원에서 그의 임종을 지킨다.

> 그대를 찬양할 목소리가 나는 없다, 고귀한 친구여
> 빛이 흩어지는 그대의 몸 위로 내 고개 숙일라치면

그대의 웃음 나를 밀어젖힐 것이니. (OC:712)

1949년(43세)

희곡 『클레르』(*Claire*)와 『물의 태양』(*Le Soleil des eaux*) 간행. 두 작품 모두 고향의 산천을 배경으로 하고 있으며 시적인 대화들이 돋보인다. 『물의 태양』은 샤르의 희곡 작품들 중 가장 많이 알려진 작품이 된다. 후에 누벨바그의 기수 장폴 루에 의하여 영화로 만들어진다.

『투쟁』 등 몇 개의 신문 잡지에 스탈린주의에 대한 강력한 우려를 표명한다. 그 당시 프랑스 식민지였던 알제리의 군법 재판에 회부된 탈영병 두 명이 사형을 언도받는다. 카뮈와 함께 판결의 부당함을 호소한다.

‣ 7월 9일   조르제트와 이혼

1950년(44세)

정치적인 투쟁과 공식적인 문학계를 떠나 고향에 칩거한다. 그해 간행된 시집 『첫 새벽의 사람들』(*Les matinaux*)에서 고향은 한 개인의 특수한 경험을 넘어선 삶의 근원적인 조건으로 드러난다.

바람이 거칠어질수록,

램프는 어둠을 좀 더 밝히고,

밤이 '지나가라'고 말하는 곳에서

우리는 멈추는 것을 찾아내야 하리라.

그리고 유리창이 흐려질 때

우리는 진실한 것을 알게 되리라.

오 순해진 땅이여!

오 나의 기쁨이 무르익은 가지여!

반짝이는 것은, 거기, 바로 너다,

나의 추락, 내 사랑, 나의 혼돈. (OC:310)

카뮈는 『첫 새벽의 사람들』을 특히 좋아해서 여러 번 읽는다. 그는 샤르에게 편지를 쓴다. "나는 이 작품을 다시 읽으면서 일종의 신뢰를, 틀림없이 '이것'으로 내일이 만들어지리라는 확신과 희망을 품었습니다. [...] 모든 사람들에게서 점차 벗어나서 세월과 국경을 뛰어넘고 정신의 가족을 알아보는 건 얼마나 기쁘고 심오한 일인지요."(카뮈·샤르, 2017:62~63)

1951년(45세)

서정 추상의 화가로 불리는 니콜라 드 스타엘(Nicolas de Stael)과 교류. 스타엘은 샤르의 시집을 위하여 많은 그림들을 그린다. 그가 샤르에게 보낸 편지에서 이런 구절이 보인다. "르네, 저는 당신의 검은 잉크의 덮개가 되어 가고 있어요. 우리는 소중한 길 위에 있어요."(Char, 1990:170에서 재인용)

시집 『암벽과 초원』(*La Paroi et la Prairie*) 간행.

1952년(46세)

리옹에서 샤르의 희곡 『클레르』가 상연된다. 시집 『긴장된 의연함으로』(*A une sérénité crispée*) 간행.

› 11월 18일 폴 엘뤼아르 사망

샤르는 산문시 「엘뤼아르의 죽음에 부쳐」에서 이렇게 적는다.

> 우리는 그를 위하여 아무것도 할 수가 없구나. 하지만 그는 아직도 우리를 위하여 많은 것을 할 수 있을 것이다. (OC:718)

1955년(49세)

다양한 글모음들이 들어 있는 『기슭과 정상의 탐색』(*Recherche de la base et du sommet*)을 간행한다. 20세기 프랑스의 대표적인 작곡가 피에르 불레즈는 샤르의 『주인 없는 망치』를 음악화한다. 바덴바덴에서 초연. 8월, 마르틴 하이데거와 첫 번째 만남을 갖는다.

1956년(50세)

시집 『도서관은 불타고 있다』(*La bibliothèque est en feu*) 간행. 도서관이 불타고 있다니, 시원한 느낌의 제목이다. 독일의 문헌학자 베르너 하마허는 이 시집을 여러 차례 읽었다. 그리고 자신의 문헌학이 무엇인지 정리하려고 했다. "문헌학은 문헌학을 불태운다. 더 크게 불타오를 (다른) 문헌학들에게 자리를 내주기 위하여. 문헌학의 불은 다른 불을 '위한' 것이고, 다른 불의 '위하여'다. 그것은 존재하는 모든 것의 미래태를 대변한다. 샤르가 글쓰기의 도래에 관해 쓴 글, 글쓰기의 문헌학자로서 그가 쓴 것은 우선 이러한 글쓰기를 도래하게 하고 불타오르게 하며 타자를 위해 증언하게 한다."(하마허, 2022:170) 불레즈는 샤르의 시 「혼례의 얼굴」을 음악화한다. 라디오 콜로뉴 오케스트라와 합창단이 초연. 그러나 정작 시인은 심한 불면증에 시달린다. 잠 못 이루는 밤 동안 그림과 조각 작업에 매달린다.

1960년(54세)

카뮈, 자동차 사고로 사망. 지중해의 태양과 정오의 햇빛을 가장 잘 감득했던 문우 카뮈의 사고사는 그에게 깊은 슬픔을 남긴다. 샤르의 전집에는 「한 친구에 대해 말하고 싶다」라는 제목의 글이 실려 있다. 시인은 그 친구가 카뮈라고 밝힌다.

그에게 가장 잘 들어맞는 장점은, 그를 비추는 태양
빛의 밀도가 어떠하건, 자기 자신과 흥정하지 않는다
는 점이다. […] 그러니까 결정적인 우위를 가지고 있
으면서도, 그는 제한된 승리밖에 거두지 못하며, 그
승리 또한 금세 외면한다. 싸움을 좋아하는 사람이 갑
옷을 외면하듯 하는 게 아니라 화가가 팔레트를 외면
하듯이. 카뮈는 도시의 거리를 유연하게 걷기를 좋아
한다. 그럴 때 거리는 젊음의 매력으로 한순간 온전하
게 행복해진다. (OC:714)

1962년(56세)

시집 『말의 군도』(*La parole en archipel*) 간행.

1964년(58세)

시집 『공동의 현존』(*Commune présence*) 간행.

1965년(59세)

시집 『부서지는 시대』(*L'âge cassant*) 간행. 프로방스 고원 지대에
핵미사일 기지를 설치하려는 정부의 방침에 분노를 금치 못한다.
주민들과 함께 저지 시위에 참가한다. 하지만 기지가 세워진다.

샤르의 작품 속에, 이를테면 탈-인간중심적 세계가 두드러진다.

> 뱀은 널 몰라,
> 메뚜기는 투덜거려,
> 두더지, 녀석은 보지 않아,
> 나비는 누구도 미워하지 않아.
>
> 정오야, 방울새야.
> 개쑥갓은 거기서 빛나.
> 머뭇거려, 가라, 위험이 없어.
> 인간이 가족에게 돌아갔어! (OC:294)

1966년(60세)

마르틴 하이데거가 샤르의 초대로 프로방스 지방에 머물며 고대 그리스 철학자 헤라클레이토스에 관한 강연을 한다. 덧붙이면, 하이데거는 프로방스 지방의 전통 구슬치기 놀이 '페탕크'를 좋아하게 된다. 여름 오후, 시인과 페탕크를 치는 즐거움을 누린다. 하이데거는 샤르의 고향을 또 다른 그리스라고 불렀다. 청년 학생 조르조 아감벤도 여기에 있었다.

시집 『상류로의 회귀』(*Retour amont*) 간행.

1967년(61세)

희곡 『나무 밑 세 발의 총성』(*Trois coups sous les arbres*) 간행.
하이데거가 샤르의 고향으로 다시 찾아온다.

1969년(63세)

시집 『심장의 개』(*Le chien de Coeur*) 간행.
샤르의 고향에 머물던 하이데거가 마지막 강연을 한다. 좀 더 상술하면, 강의라기보다는 같이 이야기를 나누었다. 샤르의 집 앞 플라타너스 나무 아래에서. 여름이라서 매미가 울었다. "찢어진 양말이 기운 양말보다 낫다. 자기의식은 그렇지가 않다"라는 헤겔의 문장을 나누고 이야기했다.

1971년(65세)

샤르가 직접 그린 그림들이 들어 있는 시화집 『부적의 밤』(*La nuit talismanique*) 간행.

1975년(69세)

시집 『가물은 집에 반(反)하여』(*Contre une maison sèche*) 간행.

1978년(72세) ————————————————

여름, 심장발작을 일으킨다.

1979년(73세) ————————————————

시집 『잠자는 창문들과 지붕 위의 문』(*Fenêtres dormantes et porte sur le toit*) 간행.
심장이상이 심해진다. 영어의 '하트'처럼, 팔뚝에 새긴 하트 모양의 문신처럼, 프랑스어 '쾨르'(coeur)도 몇 개의 뜻을 지닌다. 마음, 친절, 심장, 용기, …. 시인은 그 쾨르에 대해 "마지 못해" 말한다.

> 우리가 쾨르에 대해 말한다면(마지못해 말해 봅시다), 그것은 뛰기를, 그리고 일치하기를 매 순간 멈출 수도 있는, 기적적이며 일상적인 살갗이 덮고 있는, 불을 돋우는 심장에 대해서입니다. (OC:332)

1983년(77세) ————————————————

갈리마르의 〈플레이아드 총서〉에서 전집을 간행한다.
레지스탕스 시절 햇빛에 화상을 입었던 두 눈의 통증으로, 어두운 곳에서만 생활하게 된다. 오랜 절필 상태를 깨고 다시 시를 쓰기 시작, 시집 『반 고흐의 이웃 사람들』(*Les voisinages de Van Gogh*)

을 간행한다.

1987년(81세)

세상을 뜨기 4개월 전, 마리 클로드와 재혼한다.

> 사랑하기 위해서만 고개를 숙여라. 죽으면, 다시 사랑
> 할지니. (OC:266)

1988년(82세)

2월 19일, 심장마비로 사망. 시인이 죽기 전 준비해 놓은 시집 『의
혹받는 자의 찬가』(*Eloge d'une Soupçonnée*)가 간행된다.

> 우리의 어둠 속에는 아름다움을 위한 자리가 하나만
> 있는 것이 아닙니다. 모든 자리가 아름다움을 위한 것
> 입니다. (OC:232)

1995년

갈리마르 〈플레이아드 총서〉에서 『르네 샤르 전집』 재간행.

I.

샤르의 삶과 시

1. 시인의 첫 번째 알파벳

1907년 6월 14일, 시인 르네 에밀 샤르(René Émile Char)는 태어났다. 출생지는 프랑스 남부 프로방스 지방의 작은 읍에 해당하는 릴쉬르라소르그의 네봉이었다. 어린 시절은 대개 행복했던 것 같다. 어린 시절 이후에도 샤르는 자신의 고향에서 오래 살았고, 고향은 그의 시가 되었다. 프로방스의 구체적 자연이 그의 '첫 번째 알파벳'이 되는 것도 그런 까닭이다.

꽃이 핀 산사나무는 나의 첫 번째 알파벳이었다. (OC:766)

고향에서, 질문하지 않는 것도 배운다.

나의 고장에서는, 누구도 감동한 자에게 질문하지 않는다. (OC:305)

르네 샤르와 알베르 카뮈는 서로를 좋아했다. 어떤 연유로 그리도 좋아했는지에 대한 설명이 무색할 정도였다. 카뮈가 휴가를 떠난다고 하자 샤르는 "제대로 휴가를 보내기"를 바란다고 편지를 썼다. 이윽고 카뮈는 휴가지에서 샤르의 고향인 소르그를 떠올리며 답장했다.

저는 소르그처럼 덤불로 뒤덮인 강에서 낚시를 합니다. 아이들은 해가 비치면 놀고, 비가 오면 책을 읽습니다. 우리는 잘 지내고 있습니다. (Camus·Char, 2007:124)

샤르는 카뮈의 답장이 마음에 들었다. "해가 비치면 놀고, 비가 오면 책을 읽"는 아이들의 휴가가 그림처럼 떠올랐기 때문이었다. 어떻게 보면 어렴풋하고 소소해 보이는 일상이었다. 하지만 샤르는 카뮈가 보내 준 그 일상의 아름다운 가치에 침투할 줄 알았다. 그러니까 그런 순간들은 지나가면서도 "더할 나위 없는 세월들의 시작"처럼 흩뿌려졌다.

"더할 나위 없는 세월들의 시작"은 「에바드네」(Eva-dné)라는 시의 한 구절이다. 에바드네는 여성의 이름일 수 있는데, 시인의 전기적 영역에서는 발견되지 않는 인물이다. 그 이름을 풀어 보자면, 'Eva'는 '이브', 'Né'는 '태어난'이라는 의미이다. 따라서 에바드네는 '태어난 이브'라는 여성의 시원성을 함축하는 이름일 수도 있다. 다른 한편으로 에바드네는 그리스 신화 속에 등장하는 여성이다. 테베와의 전쟁에서 전사한 카파누스의 아내로, 남편의 시신을 화장하는 불 속으로 몸을 던져 죽는다. 그러니까 '에바드네'라는 이름에는 신화적으로 죽음의 상징이, 어의적으로는 탄생의 의미소가 함축

되어 있다. 그리고 죽음이든지 탄생이든지 그것은 시 안에서
무언가의 가능성으로 제시된다.

에바드네

여름날과 우리의 삶은 유일한 버팀목이었습니다

열망과 억누름이 서로 화해하고

들판은 그대 향기로운 치마의 빛깔을 삼켰습니다

모벽 성(城)은 진흙 속에 파묻혀 있었고

리라의 굽이침도 이내 잦아들 듯했습니다

초목의 격렬함이 우리를 흔들었습니다

작열하는 정오의 적막한 부싯돌 위에서

무리를 벗어난 까마귀 한 마리가 어두운 날개를 펴서

우리의 화합을 부드러운 움직임으로 이끌었습니다

낮은 곳곳에서 쉬어 주어야 했고

우리의 결핍이 왕국의 시작이 되었습니다

(밤마다 마음을 같이하는 페이지를 넘겨 주며

잠들지 않던 바람은 우리의 눈꺼풀에 잔물결 일으키며 원했

습니다

내가 붙잡은 당신의 각각의 부분들이

굶주린 시절과 거대한 눈물주머니의 고장으로 퍼져 나가기를)

그것은 더할 나위 없는 세월들의 시작이었습니다

대지는 우리를 조금은 사랑했습니다 내가 기억해 보면.

(OC:153)

시 「에바드네」는 즉각적으로 공감되는 부분도 있지
만, 시를 우리말로 옮길 때 여전히 해석하기 어려운 모호한
부분도 있다. 그래서 카뮈가 여러 외국의 문인들 앞에서 샤
르의 시를 두고 이렇게 토로했을 것이다. "불행히도 그의 시
는 번역이 되지 않아서 여러분이 어떻게 그걸 번역할지 모
르겠지만 정말 그럴 수 있으면 좋겠습니다."(Camus·Char,
2017:213) 좀 더 덧붙이면, 시의 번역이 어려운 것은 (혹은 번
역이 되지 않는 것은) 우선 번역을 하면서 그 모호한 부분이
손상되지 않도록 보전해야 한다는 점에 있다.

하지만 모호함이 다분한 이 시가 퍽 관능적인 긴장감
을 지니고 있다는 점은 한결같이 느껴진다. 그것은 자연에
서 비롯되어 사람으로 전이되는 관능성이다. 전이의 과정에
서 관능은 드러나기도 하고 숨기도 하면서 나름의 긴장감을
상실하지 않는다. "들판은 그대 향기로운 치마의 빛깔을 삼
켰습니다" 화자, 즉 시인은 자연이 "그대"에게 공감각적으로

전이되는 상황을 전한다. 그리고 이를 전하는 화자는 시에서 '그대'처럼 독립적으로 나타나지 않고 일단 '우리'라는 존재를 통해 간접적으로 투영된다.

> 초목의 격렬함이 우리를 흔들었습니다
> 작열하는 정오의 적막한 부싯돌 위에서
> 무리를 벗어난 까마귀 한 마리가 어두운 날개를 펴서
> 우리의 화합을 부드러운 움직임으로 이끌었습니다

그런데 그 '우리'는 자연을 따라 흔들리거나 움직이고, 그렇게 "화합"한다. 화합의 층위마다 자연이 '그대'에게 그러했듯이 침투한다. 이를테면, "초목의 격렬함"이 무엇인데 '우리'를 흔들까. 그 "여름날"이 무엇인데 "우리의 삶" 전체와 맞먹을 만큼 기억하는 자("대지는 우리를 조금은 사랑했습니다 내가 기억해보면")에게 "유일한 버팀목"이 될까. 시에 따르면 자연은 "열망"과 "억누름" 중 그 어느 하나가 이기는 곳이 아니라 함께 살피는 곳이다. 시의 관능은 그것들이 공존하기 때문에 "초목의 결렬함"처럼 한층 더 증가할 수 있다.

> 열망과 억누름이 서로 화해하고

들판은 그대 향기로운 치마의 빛깔을 삼켰습니다

화자, 즉 시인이 '우리'가 아닌 '나'라는 주체로 마침내 나타나는 곳은 시의 마지막 부분이다. 달리 말하면, 시인이 "붙잡은 당신의 각각의 부분들", 그러니까 그 모두를 자유롭게 놓아주어야 하는 사태에서, 그는 온전하게 하나의 주체가 된다.

(밤마다 마음을 같이하는 페이지를 넘겨 주며

잠들지 않던 바람은 우리의 눈꺼풀에 잔물결 일으키며 원했습니다

내가 붙잡은 당신의 각각의 부분들이

굶주린 시절과 거대한 눈물주머니의 고장으로 퍼져 나가기를)

그런데 시인의 붙잡음이 소유의 방식이 아니라 사랑의 편재로 변환하기를 거듭 촉구하는 것은 자연이다. 즉, "밤마다 마음을 같이하는 페이지를 넘겨 주며 잠들지 않던 바람"이 그것을 원한다. 시인은 자연이 원하는 바를 따를까. 그는, "모벡 성"이라는 구체적 지명이 상기시키듯이, 고향의 자연이 "더할 나위 없는 세월의 시작"이었음을 기억한다. "내가

붙잡은 당신의 각각의 부분들"을 놓아준 만큼, 그는 고향을
기억할 것이다.

> 그것은 더할 나위 없는 세월들의 시작이었습니다
> 대지는 우리를 조금은 사랑했습니다 내가 기억해 보면.

시의 마지막 구절에 '조금'이라는 부사어는 그냥 지
나치기 어렵다. 자연에 대한 시인의 성실한 겸손이 그 '조
금'을 통해 온전하게 내비치고 있기 때문이다. 그러한 시인
은 그의 "고장"과 닮아 간다. "나의 고장에서는 먼 목표보다
봄의 보드라운 징후들과 초름한 모습의 새들을 더 좋아한
다."(OC:305) 그리고 「에바드네」에서 노래된 바와 같이, 그러
한 시인의 이상적인 "왕국" 또한 충만함이 아니라 결핍으로
시작된다.

> 우리의 결핍이 왕국의 시작이 되었습니다

샤르의 시에 노스탤지어적 요소가 있다면, 그것은 과
거의 회상으로 머무는 퇴행적 방식을 따르지 않는다. 시는
회상으로부터 성취한 사실의 서정성과 감각을 미래를 향해

가동한다. "미완성으로 완성"(문정희, 2022:5)인 것처럼, 과거
의 회상이 시적 상황으로 변환되는 이유이다. 덧붙이면, 예측
할 수 있는 미래는 미래가 아니다. 이를테면 시인은 "꺼진 램
프"로부터 "정당함 낯섦을 일구어 내라"고 촉구한다.

> 이제 막 속삭이기 시작하는 슬프고도 장한 동료들이여, 꺼
> 진 램프로 가라 그리고 보석들을 되돌려 주어라. 새로운 신
> 비가 당신들의 뼛속에서 노래하니. 당신의 정당한 낯섦을
> 일구어 내라. (OC:160)

"당신들의 뼛속"이 어떤 원천을 일컫는다면, 시인은
그것이 "새로운 신비"의 원천이 될 수 있음을 전한다. "낯섦"
이 "정당"해지는 그곳, 샤르에게는 고향도 그중 하나가 된다.
『형식적 분할』(*Partage formel*)에 실려 있는 이 글은, 앞에서 잠
깐 언급했듯이, 미셸 푸코의 일화와도 얼마간 관련이 있다.
1961년 5월 20일이었다. 파리 소르본대학의 원형 강의실로 사
람들이 몰려들었다. 원형 강의실의 은은한 조명과 강단 양옆
을 발코니처럼 둘러싼 고풍스러운 나무 의자들은 이탈리아
식 오페라 극장을 떠올리게 했다. 이곳에서 후일 『광기와 비
이성』이라는 제명으로 출간되는 푸코의 박사학위 논문 심사

가 진행되고 있었다.

　서른여섯 살이 된 그는 심사위원들 앞에서 연구 개요를 발표하면서 이렇게 말했다. "광기를 말하기 위해서라면 시인의 자질을 가져야 합니다!" 그러자 심사위원 중의 한 사람인 조르주 캉길렘(Georges Canguilhem, 1904~1995)이 바로 응답했다. "당신은 그 자질을 충분히 가지고 있어요." 푸코는 발표를 마무리 지으면서 마지막으로 샤르의 글을 인용했다. "이제 막 속삭이기 시작하는 슬프고도 장한 동료들이여, 꺼진 램프로 가라 그리고 보석들을 되돌려 주어라. […]"

　1984년 6월 29일 방되브르뒤푸아투에서는 푸코의 장례식이 열리고 있었다. 참석한 질 들뢰즈(Gilles Deleuze, 1925~1995)는 추도문을 대신해 푸코의 『성의 역사』에 있는 한 구절을 찬찬히 읽었다. "철학이란 도대체 무엇일까? […] 그것은 자기가 이미 알고 있는 것을 정당화시키는 것이 아니라 어떻게, 그리고 어디까지 우리는 이미 알고 있는 것과 다르게 생각할 수 있는가를 알아내려는 노력, 바로 그것이 아닐까."(에리봉, 2012:575에서 재인용) 이러한 노력은 한편으로 시인이 언급했던 "정당한 낯섦"을 일깨운다. 샤르는 또 다른 곳에서 이렇게 물었다.

자신 앞에 미지의 것이 없다면 어떻게 살아갈까? (OC:247)

푸코 장례식의 마지막 순간에는 시가 낭송되었다. 샤르의 짧은 시 「크뢰즈에 깃드는 여명」(Demi-jour en Creuse)이었다. 푸코의 수업을 들었던 학생들도 무리를 지어 장례식장의 뒤편에서 옹종거렸다. 그들은 푸코 선생이 종강시간에 건넸던 마지막 인사를 기억했다. "자, 이 분석 작업에서 여러분에게 아직도 할 말이 많은데, 하지만, 너무 늦었군요. 고맙습니다." 시몬 시뇨레, 이브 몽탕 같은 배우들도 그 속에 섞여서 고즈넉이 낭송되는 샤르의 시를 듣고 있었다.

크뢰즈에 깃드는 여명

여우 한 쌍이 눈을 헤집으며,
혼례의 토굴 곁을 쿵쿵 밟는다.
저녁이면 억센 사랑이 주위에
그 타는 갈증을 피의 방울들처럼 드러낸다.
(Char, 1988:154)

그러니까 아무래도 장례식에 어울릴 듯한 시가 아니었다. 당시 고개를 갸우뚱거릴 자들이 많았으리라는 생각이

든다. 아니면 "역시 심오한 장례식이군!" 하고 고개를 끄덕이는 자들도 많았을 것이다. 샤르와 푸코는 살아생전 서로 만난 적이 없었다. 샤르가 장례식에 참석하지 않았으니 더욱 그러했다. 사람들의 회고담을 간추려 보면, 샤르는 푸코의 저작들을 찾아서 읽었다. 훌륭하게 생각했다. 그리고 그들은 만날 기회가 이래저래 있었지만, 어쩐지 만나지 않았다.

콜레주 드 프랑스(Collège de France)의 고대 로마사 교수인 폴 벤느(Paul Veyne)는 푸코의 절친한 친구였다. 그는 푸코의 사망 소식을 듣자마자 샤르를 찾아갔다. 그리고 울었다. 샤르의 책상 위에는 며칠 전에 쓴 짧은 시가 놓여 있었다. 그러니까 그는 벤느를 위로하기 위해 「크뢰즈에 깃드는 여명」을 주었다. 벤느는 그 시를 읽으면서 다시 울먹였다. 시에 '여우'가 등장했기 때문이다. "르네, 어떻게 알았어요? 우리는 푸코를 여우(폭스)라고 불렀단 말이에요!" 벤느는 그 '여우' 시를 서둘러 장례식장으로 들고 갔다.

샤르의 시를 읽어 보면, 그가 자연을 다짜고짜 미화하지 않는 미덕을 가지고 있다는 것을 알 수 있다. 크뢰즈는 프랑스 중부 구릉 지대를 일컫는 지명이다. 제목에서 크뢰즈가 대문자로 표기되어 있는 까닭이다. 국내에 출간된 푸코 관련 책에서 이 시가 이미 번역되어 있는데, 제목이 「웅덩이에 고여 있는 희미한 빛」으로 되어 있다. 옮긴이가 크뢰즈라는 단어가 지명이라는 사실을 놓친 것보다 '웅덩이'로 번역한 점이 시사적이다. 프랑스어에서 creuse라는 일반 명사는 존재하지 않지만, creux라는 명사는 '공동'(空洞), '움푹한 곳'을 일컫기 때문이다. 이는 시에 등장하는 여우굴을 시나브로 떠올리게 한다. 옮김에 따라 지명의 기표가 시에서 기의로 추동된다. 덧붙이면 「크뢰즈에 깃드는 여명」은 갈리마르의 〈플레이아드 총서〉의 전집이 아니라 1988년에 간행된 『의혹받는 자의 찬가』(*Eloge d'une Soupçonnée*)*에 들어 있는 시이다. 샤르는 〈플레이아드 총서〉가 처음으로 생존 작가의 전집을 출간한 경우였다. 전집을 출간했을 때, 그의 건강 상태가 좋지 않았다. 갈리마르에서는 시력까지 거의 상실한 노년의 그가 더 이상 글을 쓰기가 어렵다고 여겼다. 게다가 그가 죽기 넉 달 전에 결혼까지 하리라고는 꿈에도 생각 못했던 것이다. 하지만 그는 거의 불가능한 육체적 상황 속에서도 다시 시를 쓰기 시작했다. 전집 이후의 시들이 모여 샤르가 사망한 해인 1988년에 간행되었다.

---

*   심재중 선생과 이 제목의 번역에 대해서 통화했다. 선생은 제목을 『그저 짐작만 할 수 있을 뿐인 존재에 대한 찬가』로 풀어 옮겼다(심재중, 2019:286). 옳은 풀이이므로 명기한다.

아무튼지 어느 날 크뢰즈에서 샤르의 지인이 그에게 편지를 썼다. 편지의 내용은 소소했다. 새벽녘의 구릉 지대에서 여우 한 쌍을 보았다는 것, 그것들이 굴 앞에서 피를 뿌리며 싸우더라는 것이었다. 이 목격담이 시의 시초가 되었다. 겨울이었으니까, 핏방울들은 눈과 함께 굳어 갔을 것이다. 샤르는 자연을 마냥 아름답게 노래함으로써 현실을 망각하는 것을 경계했다. 그렇게 해서 샤르에게 자연은 "근원적 실제"가 되었다. 푸코의 장례식이 끝나자, 폴 벤느는 자신을 한순간에 울려 버린 이 시가 이해하기 어렵다는 것을 깨달았다. 그래서 벤느는 샤르에게 캐물었다. "이 시는 무엇이죠?"

샤르는 말을 천천히 하는 경향이 있는데, — 그래서 사람들이 답답해하기도 했는데 — 그래도 설명을 했다. "시는 역사가 아니라 순간 속에 새겨지는 것"이라고. 프랑스어로 인용하면 이렇다.

La poésie s'inscrit dans l'instant et non dans l'histoire.

(Veyne, 1990:500)

푸코의 『성의 역사』를 20세기 최고의 책으로 칭송했던 벤느가 슬퍼질 때면 샤르를 찾는 이유가 있었다. 샤르는

"순간 속에 새겨지는 것"으로 고대 로마사를 전공한 그를 위로할 줄 알았기 때문이었다. 샤르는 자신의 고향과 유년 시절 또한 "역사가 아니라 순간 속에 새겨지는 것"임을 알고 있었다. 벤느는 샤르가 사망하고 나서 2년 후 『르네 샤르와 그의 시들』(*René Char en ses poèmes*)이라는 책을 출간했다. 무려 500쪽이 넘는 방대한 역작이었다. 그는 샤르의 짧은 글에 깃든 시간적 역설을 '응시'했다. 순간과 영원이 강력한 현존에 의해 결합되고 있었다.

우리가 섬광을 살면, 그것은 영원의 중심인 것.

(OC:266)

2. 두 시인, 랭보에서 샤르로

좋았던 어린 시절은 오래가지 않았다. 제1차 세계대전이 발발했으며, 4년간 지속된 전쟁이 끝날 무렵 샤르의 아버지가 사망했다. 그가 열두 살이 되던 때였고, 경제적 어려움이 가중되었다. 그의 글 속에서 거의 유일하게 발견할 수 있는 아버지에 대한 회고는 이렇다.

> 아버지의 눈은 맑았다. 정중했고 욕심이 없었다. 하지만 화를 낼 때는 엄청났고 갑작스러웠다. […] 그는 저녁이면 공장에서 돌아왔다. 옷에는 석회 가루가 묻어 있었고, 그의 고단함은 점점 더 감추기 어려워졌다. 어머니는 그를 오랫동안 포옹했다. 그는 여러 번 병석에 누워 있었다. 숲을 이룰 만큼 많은 참나무가 벽난로에서 소진되었다. 그는 자신을 갉아먹는 병에 지쳐 갔다. 그는 죽었다. (OC:1258)

샤르는 랭보(Arthur Rimbaud, 1854~1891)처럼 부모와의 관계에 있어서 조금 예외적인 경우를 겪게 된다. 그러니까 일찍이 아버지는 부재했고, 어머니와의 관계는 어릴 적부터 좋지 못했다. 장정일은 랭보의 경우를 이렇게 요약한다. "1854년생인 랭보는 신앙심 깊고 고지식한 어머니 밑에서 끊임없는 질책을 받으며 자랐다. 육군 대위였던 남편이 종적을 감추자, 랭보의 어머니는 사라진 남편에 대한 원망을 아들에게 투사했던 것이다. 부모의 사랑을 받지 못한 조숙한 천재들이 그러하듯이 랭보는 어린 나이에 어린이의 자연스러운 천성을 상실했고, 일찌감치 자신의 초상을 '지상에 유배된 천사'로 설정했다."(장정일, 2015:363) 샤르의 처지도 별반 다르지 않았다. 그의 시 작품에서 어머니의 심상이 잘 보이지 않는 까닭이다. 대신 유년을 추억하는 그의 여러 글쓰기 속에는 소위 '동네 형' 혹은 '동네 아저씨' 들이 자주 등장한다. 산림 관리원인 루이 퀴렐, 샤냥총 제작자 장 판크라스 누귀에 등이었다. 그들은 아버지의 빈자리를 대신했다. 샤르는 곧잘 가출해서 그들의 집에서 잤다. 그들은 아이에게 별자리를 읽는 법, 자연의 소리를 제대로 듣는 법, 나무의 이름과 그에 얽힌 전설들을 들려주었다. 일테면 "지혜에 필요한 고요함, 끈질긴 사색 그리고 경청의 공간"(탕누어, 2020:255)을 베풀었다. 시인은 그 후 그들을 "상상의 산책길을 함께 했던 동반자들"이라고 불렀다. 프로방스에는 버려진 성들이 있었다. 소년이 숨어 있기 좋은 곳이었다. 이후에 자신의 시에 심심찮게 등장하게 될 성들의 공간을 '경청'했다. "강한 성"을 이루는 것은 성벽이 아니라 그곳으로 건너가고 건너오는 다리라는 생각이 들었다. 비유하자면, 시도 그러했다.

강한 성의 정신 자체

그것은 도개교. (OC:9)

이후 시간이 좀 더 지나, 샤르는 고향 사람들을 통해 이 세계가 또한 부조리한 고통 속에 있다는 사실도 확인하게 된다. 그래서 시인은 그 고통과 맞서는 구체적인 사람들을 자신의 시에 등장시킨다. 고향 사람들의 이름이 자주 시의 제목으로 전유되는 까닭이다. 산문시 「소르그강의 루이 퀴렐」(Louis Curel de la Sorgue)도 그중 하나다. 거기서 루이 퀴렐은 "인간의 날"을 수행하는 자다. 그 수행은 정신주의와는 거리가 멀다. 그는 소르그강에 자신의 "피와 땀"으로 "참여" 한다. 소르그강은 그의 피와 땀을 희석하지 않는다. 그것은 오랫동안 위안을 주는 대상으로 작동되었던 자연이 아니라 "포도나무를 깨물어 새 포도주를 고하는 폭풍의 강"(OC:274) 이기 때문이다. 그는 "허리를 굽힌 채" 소르그강과 함께 "박해자의 종말"을 지켜본다. 루이 퀴렐은 영웅처럼 이상화되거나 추상화되지 않는다. 그러니까 그가 밭에서 허리를 굽힌 채 일을 하는 동안 혹은 함으로써 "박해자"는 종말을 맞이한다. 그리고 시인은 소르그강을 호명한다.

소르그강이여, 펼쳐진 책 같은 네 어깨가 대기 속에 그 어깨
의 독서를 퍼트린다. (OC:142)

시인이 무엇인가를 배울 수 있는 책이 있다면, 그 책
은 "어깨"이다. 샤르에게 있어서 인식은 정신의 경우를 넘어
서 몸의 일이다. 그래서 "어깨의 독서"이다. 어깨는 호명된 소
르그강의 어깨이기도 하지만, "인간의 날"을 수행하는 노동
자 루이 퀴렐의 어깨이기도 하다. 자연과 인간이 함께하는
그 어깨만이 '우리'를 수호한다. 이 시의 시대 상황을 따르자
면, 박해자는 텍스트에서 "살인자들"로 암시되는 독일의 나
치군대일 수도 있을 것이다. 짧지 않은 텍스트의 마지막 단
락은 이렇다.

지금 사람이, 호밀밭에 사람이, 총탄 세례를 받은 성가대와
같은 밭, 수호된 밭에, 서 있다. (OC:142)

샤르는 루이 퀴렐의 사진을 갖고 있었다. 그의 모습은
자신의 노동과 함께했던 세월과 그 세월의 자연을 닮아 있었
다. 어느 날 샤르는 알베르 카뮈에게 그의 사진을 보여 주었
다. 카뮈는 자연을 닮아 간 인간의 모습을 응시했다. 그리고

이렇게 하나의 문장을 적었다.

진실은 인간의 모습을 지닌다. (Camus, 2009:60)

그런 '인간'은 어떤 모습일까? 샤르에 따르면 이렇다.

내가 믿는 바는, 일용할 빵의 얼굴, 빵의 절박한 필요가 그
사람들에게 말 그대로 인간의 모습인 그 모습을 만들어 주
었다는 것이다. (OC:1063)

샤르가 고등학교에 들어갈 때가 되자, 어머니는 그
를 아비뇽에 있는 기숙학교에 보냈다. 기숙학교는 소년을 힘
들게 했다. 남프로방스, 햇살을 받아 반짝이는 소르그강으로
연신 뛰어들며 놀던 소년이었다. 게다가 소년은 철창이 달
린 기숙학교의 방에서 잠들 때면 자신이 고아라는 생각이 들
었다. 랭보도 그러했는지 열다섯 살 때 쓴 그의 첫 시 제목이
「고아들의 새해 편지」(Les Étrennes des orphelins)다. 훗날 샤
르는 랭보의 시전집을 엮어서 자신이 쓴 서문과 함께 갈리마
르 출판사에서 출간한다. 그리고 잘 알려지지 않았던 이 시
가 랭보의 시 세계를 이해하는 데 있어 매우 중요한 시사점

을 가지고 있다는 것을 일깨운다.

앙드레 지드(André Gide, 1869~1951)는 그 누구도 따를
수 없었던 랭보의 반항정신을 두고 "타오르는 가시덤불" 그
자체라고 비유한 적이 있다. 하지만 샤르는 "타오르는 가시
덤불"의 내면 깊숙이 도사리고 있는 어떤 결핍의 세계에 주
목했다. 이는 그의 서재에 변함없이 소년 랭보의 초상화가
걸려 있었던 이유이기도 하다. 「고아들의 새해 편지」는 조금
긴 시인데, 일부분만 발췌해 본다.

> [⋯] ── 장롱에는 열쇠가 없네! [⋯]
> 열쇠가 없네, 커다란 장롱에는!
> 그 흑갈색 문을 자주 바라보곤 했네 [⋯]
> 열쇠가 없네! [⋯] 이상하여라! [⋯] 얼마나 많이 꿈꾸었
> 던가,
> 장롱의 목재들 사이에 잠들어 있는 비밀들을,
> 아이들은 들린다고 믿었네, 열려진 자물쇠 깊은 곳,
> 멀리서 다가오는 소리를, 희미하지만 즐거운 속삭임을⋯
> ── 오늘 부모님의 방은 텅 비어 있네.
> 문 밑으로 어떤 불빛도 비치지 않네.
> 부모도, 난로도, 걸린 열쇠도 없다네.

하여 입맞춤도, 달콤한 선물도 없다네!
아! 새해 첫날이 아이들에게 얼마나 서글플까!
── 커다란 푸른 눈에 쓰라린 눈물이 소리 없이 흐르는
아이들은 상념에 빠져 중얼거리네.
"우리 어머니 언제 오시려나?" (Rimbaud, 2010:15)

시인은 결핍에 겨워 결핍을 응시하는 존재이다. "찬
밥처럼 방에 담겨"(기형도, 1991:130) 있는 것이다. 포이어바
흐(Feuerbach)가 "발전 능력"이라고 부르기도 했던 것. 샤르
와 랭보의 확실한 전기적 공통점은 그들이 시인이라는 점이
다. 알베르 카뮈에 따르면, 전자는 후자보다 좀 더 나은 시인
이었다. 1949년 8월, 카뮈는 브라질의 상파울루에 있었다. 그
는 그곳의 신문 기자에게 이렇게 말했다. "르네 샤르는 랭보
이후 프랑스 시에 일어난 가장 큰 사건입니다. 오늘날 그는
프랑스에서 자기 노래를 가장 소리 높여 외치고 인류가 가진
최고의 부를 전하는 시인입니다. 시를 말할 때 우리는 사랑
가까이에 있습니다. 천한 돈으로도 대체할 수 없고, 우리가
도덕이라고 부르는 딱한 무엇으로도 대체할 수 없는 저 거대
한 힘 말입니다."(카뮈·샤르, 2017:47) 한편으로 샤르는 랭보
시전집의 서문에서 이렇게 말했다.

나는 타자다. 시가 타오르고 열리는 곳, 어떤 저녁 날에는
시인이 고양되는 곳에서 법정의 행위는 꺼진다. (OC:728)

"법정의 행위"는 "우리가 도덕이라고 부르는 딱한 무
엇"을 환기시킨다. "시가 타오르고 열리는 곳"에서 그것은 소
멸된다. 그러니까 샤르는 랭보를 통해 진리라고 강요되던 것
들 혹은 도덕이라고 제도화되는 것들이 쫓겨나는 것을 목격
한다. 이를테면 "나는 나다"라는 자기 동일성의 진리 같은 것
이다. 샤르가 '어떤 저녁 날들에 시인이 고양되는 곳'을 말하
기 위해 랭보의 "나는 타자다"(Je est un autre)라는 진술을 먼
저 소환하는 이유이기도 하다. 그래서 그들은 시인이다. 덧붙
이면, 시인은 자기 자신으로 타자가 되면서 '충분'해질 뿐만
아니라 '무한'해진다.

시인 랭보, 그것으로 충분하고, 그것으로 무한하다.
(OC:727)

그들에게 또 다른 전기적 공통성이 있었다면, 그들
의 어머니가 각각 그들이 쓴 시들을 하찮게 여겼다는 점이
다. 어머니들은 몸이 성한 사내가 책상에 앉아 시 같은 것을

적고 있는 것을 괴이하게 여겼다. 특히 랭보는 고향 친구 들라에에게 보내는 편지에서 그런 자신의 어머니를 영어로 '마더'(Mother)나 '랭보의 어머니'라고 호칭하곤 했다. 어머니들은 어떻게 불리더라도 늘 생활에 대한 옳은 구석이 있다. 그리고, 알다시피, 그 '생활에 대한 옳은 구석'이 랭보를 옥죄었다. 샤르는 랭보의 시전집 서문에서 이렇게 적었다.

> 시 안에서, 우리는 떠나는 장소에서만 거주할 수 있으며, 작품으로부터 떨어져 나올 때만 그 작품을 창조할 수 있으며, 시간을 파괴할 때에만 지속을 구할 수 있다. 그러나 파괴에, 떨어져 나옴에, 부정에 의하여 획득한 모든 것은 타인을 위해서만 획득될 수 있다. […] 자유의 수여자는 타인들 속에서만 자유롭다. (OC:733)

독일의 철학자 하이데거(Martin Heidegger, 1889~1976)는 샤르의 이러한 서문을 좋아했다. 그러니까 시 안에서 "우리"는 장소, 작품, 시간 등 그 모든 것에 있어서 '주인'처럼 굴지 않았다. 게다가 샤르는 이러한 비-주인 의식이 자유의 지고한 경영에서 비롯됨을 알려 주었다. "자유의 수여자는 타인들 속에서만 자유롭다." 주지하다시피, 하이데거의 후기 철학은 '논리적 사고'에서 정확성을 목표로 삼지 않는 '시적 사유의 힘'으로 건너갔다. 그는 이후 시인을 직접 만나러 샤르의 고향까지 방문했다. 하지만 남편은 떠나고, 살림까지 건사해야 했던 어머니는 "시 안"에 있는 아들이 계속 탐탁지 않았다. "떠나는 장소에서만 거주할 수" 있다니! 샤르는 랭보와 달리 아버지의 사망 이후 집안의 사업을 전적으로 책임졌지만, 그가 좀 더 최선을 다하고 있는 시가 문제였다. 왜 아들 (시인)은 버림받았는데, 혼자가 아닌가?

> 나는 혼자가 아니다, 버림받았으므로. 나는 혼자다, 나는 농장의 안벽 사이에 있는 아몬드 씨처럼 혼자이므로.
> (OC:386)

샤르의 언어경제가 빚어내는 역설의 양식은 빈번하게 설명의 한계를 낳는다. 그러니까 그 뜻을 정작 한가지로 설명하면, 다른 것을 놓치고 마는 다의성이 시가 이루려고 하는 뜻이기 때문이다. 키르케고르(Kierkegaard, 1813~1855)가 잘 설명했듯이, 역설에 대한 설명은 결국 역설을 죽인다.

> 역설에 대한 설명은 원래의 다의성을 제거함으로써 역설

이 무엇인지 명확하게 드러낸다. 이런 수정은 역설을 제거하며, 그래서 실은 역설이 전혀 성립하지 않는 것을 분명하게 밝힌다. [···] 이렇게 해서 모든 것은 질서정연해진다. 그 설명은 역설이 어느 정도까지만 역설이라고 밝힌다. (워낙, 2016:38~39에서 재인용)

이러한 키르케고르의 설명은 시 「살아 있거라!」(Qùil vive!)에 출현하는 "내 고장의 나무"로 환유되는 듯하다.

내 고장의 나무들은 잎이 무성하고도, 무성하다. 가지들은 열매를 맺지 않음으로써 자유롭다. (OC:305)

아무튼지 어머니의 눈에는 프랑스까지 샤르를 찾아온 콧수염 기른 하이데거도 꼴불견이었다. 그가 이렇게 말하지 않았는가.

시는 무책임하고 무력하다. 우리가 시를 "모든 영위 가운데 가장 무책임한 것"이라고 생각함으로써, 그 본질을 파악한 것은 아니다. 그러나 그것으로써, 우리는 시의 본질을 어디에서 찾을 것인가 하는 지침을 발견한 셈이다. (하이데거,

1980:45)

런던에 살던 시인 장 망브리노(Jean Mambrino, 1923~
2012)는 문학을 이렇게 생각했다. "문학은 외침이나 놀이가
아니다. 그것은 결국 진실을 향한 탐험이다." 그는 이러한 탐
험을 감행했던 작가로 르 클레지오(Le Clézio, 1940~)와 마르
그리트 뒤라스(Marguerite Duras, 1914~1996) 그리고 시인으로
르네 샤르를 꼽았다. 그러니까 시는 "무력"하지만, 어떤 상정
된 목표처럼 빛나지도 않겠지만, 멀리서 환해지는 원(圓)을
우리에게 보여 줄 수 있는 것이었다.

> 당신이 자신의 램프에 성냥을 가까이하면 불이 붙은 것 빛
> 나지 않으리. 멀리, 당신으로부터 그렇게도 멀리서 그 원
> (圓)은 환하여지리. (OC:203)

샤르와 망브리노는 오랫동안 우정 깊은 편지를 주고
받았다. 어느 날 샤르는 그에게 어머니와의 관계에 대해서
편지를 통해 이렇게 고백했다.

> 나는 어릴 적부터 아들과 어머니 사이의 사랑에 있어서 커

다란 괴리가 있었습니다. 이해받지 못한 감정들이 불러일
으키는 원망과 꺼림칙한 마음이 계속되었습니다. 어머니
의 눈길 앞에서 시간은 시계가 완전히 난파할 때까지 시커
멓게 돌아갔습니다. 나는 신생아처럼 결속된 상태로 그 끔
찍한 달력의 증인이자 일부였던 것입니다. (Camus·Char,
2007:85~86에서 재인용)

샤르는 1947년 『이야기하는 샘』(*La fontaine narrative*)이
라는 제목의 소시집을 출간했다. 시를 읽어 보면, 제목의 '샘'
이 한편으로 소르그강의 수원지를 일깨우고 있음을 어렵지
않게 느낄 수 있다. 역시나 단 한 편만 제외하고, 죄다 시인
의 고향을 배경으로 담고 있다. 그 단 한 편의 예외적인 시가
「떠나기를 잘했어, 아르튀르 랭보!」(Tu as bien fait de partir,
Arthur Rimbaud!)이다. 조금은 난데없는 랭보의 출현이다. 바
로 그 전의 시는 「라 소르그」(La Sorgue)이다. 11개의 연으로
이루어진 「라 소르그」의 첫 연은 이렇다. "단숨에, 길벗도 없
이, 너무 일찍 떠나 버린 강이여, / 내 고장의 아이들에게 네
열정의 모습을 건네어라."(OC:274) 그러니까 연관성이 없어
보이는 두 개의 시는 '떠난다'(partir)는 행위로 시나브로 연
결된다. "단숨에, 길벗도 없이, 너무 일찍 떠나 버린 강"에서

그 강은 "떠나기를 잘했어"의 랭보로 가닿는다.

떠나기를 잘했어, 아르튀르 랭보!

떠나기를 잘했어, 아르튀르 랭보! 우정과 적의, 그리고 약간
은 미친 듯한 아르덴 고장의 그대 가족의 헛된 꿀벌 같은 잉
잉거림과 파리 시인들의 우둔함에 맞선 그대의 열여덟 살,
그것들을 난바다의 바람으로 쓸어버리고, 올된 단두대의 칼
날 밑으로 던져 버리기를 잘했어. 짐승들의 지옥을 위해, 교
활한 자들과의 거래와 단순한 자들과의 아침 인사를 위하
여, 게으른 자들이 거니는 대로와 오줌과 시로 얼룩진 술집
들을 떠나 버린 것은 옳아.

몸과 영혼의 부조리한 격발, 표적을 터뜨리면서 표적에 이
르는 이 대포의 포탄, 그래, 바로 거기에 인간의 생명이 있
다! 사람은, 어린 시절을 끝내면서도, 자신의 동포를 끝없이
교살할 수는 없지. 화산들이 아주 조금만 위치를 바꾸면, 그
용암들은 세상의 커다란 틈으로 흘러갈 것이며, 상처 속에
서 노래하는 미덕들을 운반할 수 있어.

떠나기를 잘했어, 아르튀르 랭보! 우리는 너와 함께 가능한

행복을 아무 증거 없이 믿는 몇몇 사람들이지. (OC:275)

시에서 일컫고 있듯이 랭보의 고향은 프랑스 북부 지역에 위치한 아르덴이다. 제목과 동일하게 첫 구절이 "떠나기를 잘했어, 아르튀르 랭보"로 시작되는 이 시는 랭보의 절필 사건을 헤아리게 한다. 고향과 가족뿐만 아니라 파리의 모든 시인들과도 "난바다의 바람으로 쓸어버리"듯이 결별한 사건 말이다. 그리고 마침내 자신의 시와도 "올된 단두대의 칼날 밑으로 던져 버리"듯이 결별한다. 스무 살 때 절필한 랭보는 유럽을 떠난다. 이러한 결별과 떠남은 결국 젊음과 관계되어 있다. 알랭 바디우가 『참된 삶』(La vraie vie)에서 랭보를 가장 흥미롭게 보는 까닭은 그가 빅토르 위고처럼 젊음을 마냥 "승리의 아침"으로만 보지 않는 '젊음의 시인'이었기 때문이다.

랭보는 […] 젊음이 가장 좋은 형상이라는 것과 젊음은 완전히 과거로 버려야 할 형상이라는 것 두 가지를 한꺼번에 이야기한다. (바디우, 2018:24)

랭보는 마침내 젊음을 담보로, 아니 목숨을 담보로 미

지의 땅에서 무기 밀매업까지 하게 되는 아프리카에 이른다. 샤르는 이러한 결별의 편력에 동의한다. "짐승들의 지옥을 위해, 교활한 자들과의 거래와 단순한 자들과의 아침 인사를 위하여, 게으른 자들이 거니는 대로와 오줌과 시로 얼룩진 술집들을 떠나 버린 것은 옳아." 한편으로 랭보에게는 자신의 난바다와 같은 운명을 온전히 예감토록 하는 시가 있다. 그의 시「섬광」(L'Eclair)의 한 대목은 이렇다.

[…] 나의 삶은 진부하다. 자아! 속여 보고, 게을러 보자, 오, 연민을! 그리고 즐기면서, 기괴한 사랑과 환상적인 우주를 꿈꾸면서, 불평을 해대면서, 세상의 겉치레들과 싸우면서, 어릿광대, 거지, 예술가, 강도, 그리고 사제들과 싸우면서 살아가 보자! 나의 병상(病床) 위로, 그리도 강렬한 향내가 나를 다시 찾아왔다. 성스러운 향료의 수호자, 고해 신부, 순교자….

나는 그런 나열에서 어린 시절 내가 받았던 더러운 교육을 인정한다. 그래서 어떻다는 건가! […] 가자 나의 스무 살이여, 다른 이들도 스무 살까지 견딘다면…. (Rimbaud, 2010:233)

랭보가 스무 살을 넘기면서 시 쓰기를 그만둔 것은 모두가 잘 아는 사실이다. 그런데 샤르의 시 「떠나기를 잘했어, 아르튀르 랭보」에서는 랭보가 모든 것들을 버리고 떠난 나이가 열여덟 살로 되어 있다. 열여덟 살은 랭보가 한창 "게으른 자들이 거니는 대로와 오줌과 시로 얼룩진 술집"을 전전하던 때다. 이런 나이의 오류는 어떻게 생겨난 것일까? 랭보 전집의 서문까지 맡은 샤르가 그런 연대기적 사실을 착각하지는 않았을 것이다. 해답은 사람들이 다른 사람의 이야기를 하면서 결국 자신의 이야기를 하게 된다는 사실에서 찾아볼 수가 있을 것 같다. 그러니까 샤르의 청소년 시절을 되짚어 볼 필요가 있다.

일 년 동안 지속한 고등학교 기숙 생활은 샤르의 건강을 해쳤다. 어머니가 찾아왔고, 그를 퇴직 교사가 꾸려 가는 하숙집에서 생활하도록 조처했다. 샤르의 건강은 조금씩 나아졌다. 하숙집의 거실에는 많은 책들이 꽂혀 있었는데, 그중에서도 그를 정신없이 빠져들게 한 책이 있었다. 소설도 아니고, 시도 아니었다. 장 앙리 파브르(Jean Henri Fabre, 1823~1915)의 『곤충기』였다. 철학자 장 로스탕(Jean Rostand, 1894~1977)이 파브르에 대해서 했던 말은 진짜였다. "파브르는 철학자처럼 생각하고, 예술가처럼 바라보고, 시인처럼 표현할 수 있었던 위대한 학자였다." 게다가 샤르를 한층 더 매혹시킨 것은 파브르가 자신을 항상 '관찰자'(observateur)로 명명했다는 점이었다. '관찰자'라는 단어 속에는 시인이 되기 위한 기본적인 비법이 은닉되어 있었다. 그러니까 존재를 "왜곡하지 않고 보여" 주는 것, 그것이 관찰자의 방식이며 샤르에게는 시인의 소명이 되었다. 시「자꾸자꾸」(De moment en moment)에서 샤르는 이렇게 적는다.

> 저 길이 아니고 왜 차라리 이 길일까? 이 길은 어디로 이르기에 우리를 이리도 세차게 부르는 것일까? 저 바위들이 뒤덮인 지평선 뒤에는, 그 열기의 머나먼 기적 속에는 어느 나무들이, 어느 친구들이 살아 숨 쉬고 있을까. […] 어떻게 하늘과 황혼 사이에 그려진 이 단순 소박한 것들을 왜곡하지 않고 보여 줄까? (OC:803)

샤르는 나이가 들어서도 『곤충기』를 읽다가 마음에 드는 부분은 천천히 필사했다. 파브르가 '곤충의 아버지'로 칭송되었다면, 샤르는 '곤충의 시인'이었다. 프랑스 현대 시인들 중에 그만큼 곤충들을 시 속에 등장시킨 이는 없었다. 그가 프로방스 지역의 레지스탕스 책임자로 암중 활약할 때도 곤충들과 들짐승들은 그의 '겨레'(Peuple)들이었다. 그는 이렇게 적었다.

> 풀밭에 사는 겨레는 나를 매혹한다. 그들의 악의 없는 오롯한 아름다움, 나는 지치지도 않고 그것들을 소리 내어 읊는다. (OC:217)

아내에게 헌정하는 그의 첫 시집에 이탤릭체로 적혀 있는 제사(題詞) 또한 파브르의 글귀였다.

> 여기에 필요한 것은, 해결책 없이 생겨나는 반론, 여기에 필요한 것은, 필연적으로, 죽음의 부동성과 생명의 원초적 생생함. — J. H. 파브르 (OC:60)

고등학교를 졸업하는 열여덟 살이 되던 해, 샤르는 아프리카 튀니지로 갔다. 이 여행은 다시금 랭보를 떠올리게 한다. 랭보는 스무 살이 넘어 아프리카를 향해 떠났지만, 「떠나기를 잘했어, 아르튀르 랭보!」에는 그 영원한 출발의 나이가 열여덟 살로 되어 있기 때문이다. 이 숫자의 바뀜은 사소한 것일 수도 있지만, 그 사소함은 랭보에 대한 샤르의 동일

화 욕망을 헤아리게 한다. 그래서 그는 자기 자신에 하듯 랭
보에게 타이르기도 한다.

> 사람은, 어린 시절을 끝내면서도, 자신의 동포를 끝없이 교
> 살할 수는 없지. 화산들이 아주 조금만 위치를 바꾸면, 그
> 용암들은 세상의 커다란 틈으로 흘러갈 것이며, 상처 속에
> 서 노래하는 미덕들을 운반할 수 있어.

그런데 「떠나기를 잘했어, 아르튀르 랭보!」라는 이
(비)교육적인 시에 좀 더 흥미로운 부분이 있다. 다시 인용해
보면,

> 몸과 영혼의 부조리한 격발, 표적을 터뜨리면서 표적에 이
> 르는 이 대포의 포탄, 그래, 바로 거기에 인간의 생명이
> 있다!

시인의 목표는 표적에 이르면서 표적을 사라지게 하
는 것의 동시성에 있다. 어쩌면 무언가에 이르는 것은 무언
가를 사라지게 하는 것과 깊게 연관되어 있다. 그래서 시인
에게 "미래의 예포"는 이미 있었던 표적들과 있게 될 표적들

을 부단히 넘어선다. 시가 "지속적인 어떤 비밀"(OC:423)로 있게 되는 까닭이다.

시인은 증거들의 붕괴 때마다 미래의 예포로 대답한다. (OC:167)

1924년 튀니지에서 돌아온 샤르는 이듬해부터 항구도시 마르세유에 있는 상업전수학교를 다녔다. 집안의 경제적 사정이 여전히 어려웠기에 샤르는 으슥한 구(舊) 항구에서 장사를 하기 시작했다. 술집과 식당에 위스키와 채소 등을 갖다 대면서 생활비를 충당했다. 밤에는 시집들을 탐독하기 시작했다. 특히 프랑수아 비용(François Villon, 1431~1463), 제라르 드 네르발(Gérard de Nerval, 1808~1855), 샤를 보들레르(Charles Baudelaire, 1821~1867) 그리고 아르튀르 랭보의 작품들이었다. 그의 처소에는 랭보의 글귀가 걸려 있었다. 이 글귀는 이후 「마르틴 하이데거의 물음에 대한 질문적 답변들」이라는 제목의 글에서 제사로 사용된다.

시는 더 이상 행동과 박자를 맞추지 않을 것이다. 그것은 앞장설 것이다. (OC:734)

샤르는 그 '질문적 답변들'에서 랭보가 견주었던 '시'
와 '행동'에 대해 이렇게 다시 언급한다.

> 행동은 눈이 멀어, 보는 것은 시이다. 하나는 다른 것에 어
> 머니-아들 관계로 이어진다. 어머니로부터 앞장선 아들은
> 사랑보다는 긴급함으로 어머니를 이끌어 간다. (OC:735)

1891년 구(舊) 항구에 위치한 마르세유 시립병원에는
다리가 잘린 사내가 누워 있었다. 그의 누이동생은 일기장에
그가 고열과 모르핀 주사 때문에 헛소리가 심하다고 적었다.
한때 시인이었던 그는 정신이 들면 다시는 바깥에서 태양을
보지 못할 거라며 울었다. 11월 10일, 아르튀르 랭보는 그렇게
그곳에서 사망했다. 샤르는 아마도 배달 일을 하면서 랭보가
사망한 시립병원을 여러 번 지나쳤을 것이다. 그는 랭보에 대
해 이렇게 적었다.

> 랭보는 자신을 예술가로 여기지도 않았고 예술가이기를 원
> 하지도 않았다. 그의 거친 기질은 경이로운 꾸밈없음에 맞
> 닿아 있었다. 침묵하면서, 그는 자신을 무릅쓰고 그가 되었
> 다. (OC:736)

3. 초현실주의 혹은 엘뤼아르와 함께

1928년 샤르는 시집 『심장 위의 종(鐘)들』(*Les cloches sur le coeur*)을 한정본으로 간행했다. 처음으로 출간된 시집이지만 '첫 시집'으로 불리지 않는다. 얼마 지나지 않아 시인이 스스로 파쇄했기 때문이다. 그의 회고에 따르면 "제목도 졸렬했고, 게다가 시들 또한 허락될 수 없는 것들"(OC:788)이었다. 따라서 그의 첫 시집으로 전집에 올려지는 것은 『병기창』(*Arsenal*, 1929)이다. 「가능한」(possible)은 그 첫 시집에 등장한다.

가능한

확신이 생기자
목을 졸라서
말을 재촉했다

말은 너 푼짜리 그림책 위에서 놀았다

그는 말했다
누군가 짐승을
혹은 연민을 살해하듯

손가락들은 또 다른 연안을 건드렸다

하지만 하늘은
산 위의 독수리가
쪼개진 머리를 가질 만큼
그렇게도 빨리 기울었다. (OC:8)

스무 살 때 쓴 시 「가능한」에는 처음으로 출간한 시집을 파쇄했던 시인의 결기가 사뭇 느껴진다. 샤르의 '서시'(序詩)이다. 그런데 무엇이 '가능'하다는 것일까. 말이? 그러니까 시가? 아무튼지 시인은 언어와 삶 사이의 전면전을 작정한 듯하다. 말이 자주 목숨을 경유해서("목을 졸라서", "살해하듯") 발설되는 까닭이다. "또 다른 연안을 건드"리는 손도 마찬가지다. 글을 쓰는 '손'은 백지 위에서 마치 전투대원처럼 '진군'한다. 『병기창』의 바로 다음 시는 이러하다.

놀라운 지평선에서 (A l'horizon remarquable)
위대한 길들은
손끝의 그늘에서 잠자고 있다

손은 고통스럽게 진군한다

내일

터트리는 화약처럼 (OC:10)

랭보는 「나쁜 피」(Mauvais Sang)에서 이렇게 노래했
다. "펜을 쥔 손은 쟁기를 쥔 손과 마찬가지 ― 손을 위한 시
대여! ― 난 결코 나의 손을 갖지 않으리라." 하지만 "내일 /
터트리는 화약처럼" 손이 진군한다면, 손을 갖지 않겠다던
랭보의 생각이 달라질까? 이는 "극단을 치닫는 시적 경험"으
로 설명될 수 있을까.

> 극단을 치닫는 시적 경험은 장래를 예정표나 기획의 한계
> 안에 미리 가두는 것이 아니라, 우선 그것이 자신에게 가져
> 다줄 수 있는 뜻밖의 것에 대한 기다림이 되고자 한다. 그
> 경험은 지평의 비가시태에 무조건 자신을 내맡기듯 장래의
> 미지에 덮어놓고 자신을 내맡긴다. […] 그것은 자신이 해
> 야 할 말을 알지 못한 채, 앞으로 나아가면서 점차 스스로를
> 창조해 나간다. (콜로, 2003:83)

샤르는 시집 『병기창』을 파리에서 초현실주의 그룹의
일원으로 활약하고 있던 폴 엘뤼아르(Paul Éluard, 1895~1952)

에게 보냈다. 엘뤼아르는 생면부지의 시인이었다. 하지만 샤르는 그가 자신의 시를 알아줄 것 같았다. 샤르가 당대의 수많은 시인들 중에서 명성이 아직 높지 않았던 엘뤼아르를 생각한 것은 시사적이다. 반면에 랭보가 자신의 시들을 모아 처음으로 테오도르 드 방빌(Théodore de Banville, 1823~1891)에게 보낸 것은 그리 눈길을 끌지 못했다. 당시 그는 거의 모든 문학청년들이 시를 써서 보냈던 고답파의 수장이었기 때문이다. 아무튼지 엘뤼아르는 1918년에 이런 시를 썼다. 믿음이 가는 시였다.

이곳에 살기 위하여

나는 불을 지폈어, 쪽빛 하늘이 나를 버렸기에,

그의 친구가 되기 위한 불,

겨울밤 속으로 나를 이끄는 불,

더 잘 살기 위한 불을.

하루가 나에게 주었던 것을 그 불에 주었지:

숲, 덤불, 밀밭, 포도밭,

둥지와 새들, 집과 열쇠,

벌레, 꽃, 모피, 축제들을

나는 타닥거리는 불꽃의 소리만으로,

그 열기의 내음만으로 살았지.

나는 닫힌 물속으로 침몰하는 배와 같았어.

죽은 자처럼 나는 단 하나의 성분밖에 가진 것이 없었어.

(Eluard, 1968:1032)

　　이 시의 제목에는 초현실주의를 넘어서 엘뤼아르의 시 세계가 지향했던 것들이 담겨 있다. 그러니까 '이곳', '삶', '위하여'는 우리에게 있어서 어느 것 하나 소홀히 할 수 없는 단어들이라는 오생근의 지적은 옳다(오생근, 2020:382). 이 시의 첫 행 "나는 불을 지폈어, 쪽빛 하늘이 나를 버렸기에"는 제목과 대구를 이루면서, 불은 '이곳'을 구체적인 삶의 장소로 만든다. 오생근은 이 '불'을 프로메테우스 콤플렉스라든가 "젊은이의 도전정신과 열정적인 사랑"의 "상징"으로 짚어 보지만(오생근, 2020:383~384), 그러한 해석을 통해서는 엘뤼아르적 '불'의 온기가 좀처럼 잘 느껴지지가 않는다. '숲', '밀밭', '벌레' 들처럼 시인이 불에게 넘겨주는 것들은 불이 추상이 아니라 삶의 실제와 맞닿아 있다는 것을 넌지시 알려 준다. 그리고 세계를 바로 '이곳'으로 만들어 주는 이 불이 엘뤼

아르의 시 세계를 '상징'한다. 샤르는 엘리아르를 한 번도 만
난 적이 없었지만 그의 시에서 불의 '진짜' 온기를 느꼈다. 그
러니까 엘뤼아르의 「이곳에 살기 위하여」는 샤르의 시 「살아
있거라!」(Qùil vive!)로 가닿는다.

살아 있거라!

나의 고장에서는 먼 목표보다 봄의 보드라운 징후들과 초름
한 모습의 새들을 더 좋아한다.

진실은 촛불 옆에서 새벽을 기다린다. 창문의 유리는 무시
되어진다. 주의하는 자에게 무엇이 문제 될까.

나의 고장에서는, 누구도 감동한 자에게 질문하지 않는다.

뒤집힌 배 위에는 영리한 어둠이 없다.

겨우 인사말이나 하는 것은, 나의 고장에서는 낯설다.

우리는 스스로 증대될 수 있는 자만을 끌어온다.

내 고장의 나무들은 잎이 무성하고도, 무성하다. 가지들은
열매를 맺지 않음으로써 자유롭다.

정복자의 선의는 믿지 않는다.

내 고장에서, 사람들은 감사한다. (OC:305)

1929년 가을, 엘뤼아르는 릴쉬르라소르그로 샤르를 찾
아왔다. 샤르보다 열두 살이 더 많은 엘뤼아르는 이제 막 시
를 쓰기 시작한 더 젊은 시인을 위해 먼 길을 마다하지 않았
다. '성실한 우정'의 시작이었다. 그러니까 그 우정은 초현실
주의 그룹을 서로가 일찌감치 떠나서도 지속되었다. 1932년
엘뤼아르는 기념비적인 시집 『즉각적 삶』을 출간한다. 시집
에 수록된 「명료함의 순간을 위하여」에는 '르네 샤르에게'라
는 헌정의 제사가 붙어 있다. 그들은 초현실주의 그룹에서
의기투합했지만, 단어 '명료함'(Lucidité)은 그들만의 우정을
한층 더 내밀화시키는 암호이자 약속이었다. 샤르는 자신의
아포리즘적 글쓰기에서 그 명료함에 대해 이렇게 적는다.

명료함은 태양으로부터 가장 가까운 상처이다. (OC:216)

엘뤼아르와의 만남은 샤르를 초현실주의 그룹으로
이끌었다. 그는 샤르를 우선 파리로 초대했다. 그러나 파리
에서 샤르가 지낼 곳이 마땅치 않았다. 엘뤼아르는 샤르에게
자신의 거처에서 같이 지내자고 한다. 그들은 파리를 함께
배회하다가 길에서 우연히 한 여자를 만나기도 했다. 파리의
서커스단에서 공연을 하는 곡예사의 딸이었다. 그녀가 바로
엘뤼아르의 아내가 되는 '뉘슈'(Nusch)였다. 낮이거나 밤이거
나, 거리는 사랑과 사랑의 예감으로 일렁댔다. 샤르는 자신이
꿈꾸는 여인을 '아르틴'(Artine)이라 이름 지었다. 파리에 입
성한 그해 아르틴으로 제목을 붙인 시도 썼다. 시의 적지 않
은 구절들이 그 이름으로 시작되었다.

> 아르틴은 짐승과 태풍들에도 불구하고 마르지 않는 새뜻함
> 을 지켰다. 산책길, 그것은 변함없는 투명이었다. (OC:18)

'아르틴'이라는 이름은 엘뤼아르의 '아르'에서 시작되
었다. 엘뤼아르는 샤르의 첫 시집 『병기창』(*Arsenal*, '아르'스
날)을 읽고 그를 만나러 왔었다. 엘뤼아르는 그중 특히 「사
랑」(L'amour)이라는 시를 좋아했다. 제목까지 포함해서 달랑
세 줄짜리 시였다.

사랑

최초로 온 그이

이다.

L'amour

Etre

Le premier venu.

(OC:12)

인용시의 프랑스어 원문을 곁들인 것은 통사적 중의성을 지닌 "Etre"가 제목 "L'amour"(사랑)와 두 번째 행 "Le premier venu"(최초로 온 그이) 사이에서 고정된 해석을 할 수 없게 만들기 때문이다. 들라스와 필리올레에 따르면, 이 시에서 동사일 수도 명사일 수도 있는 "Etre"의 비문법성은 텍스트를 언어로부터 해방시키기 위한 젊은 시인의 "음모"였다 (Delas·Filliolet, 1973:133). 따라서 시는 '사랑'이란 속성이 본디 그렇듯이 자꾸 다르게 읽히거나 번역된다.

사랑

최초의 그이가 되어

오는 것.

사랑
가장 먼저 와서
있는 것.

    샤르의 「사랑」은 앞에서 시도한 번역들 외에도 계속 달라질 수 있다는 것을 비문법적 중의성을 통해 보여 준다. 언어학자 야콥슨(Roman Jakobson, 1896~1982)을 따르면 이는 '시적 기능'이고, 작가 파스칼 키냐르(Pascal Quignard, 1948~)를 따르면 '사랑의 증가물'이 된다. 샤르는 여성의 이름을 제목으로 한 사랑의 시 「마르트」(Marthe)에서 '당신'을 "자라나는 현재"라고 불렀다.

    마르트
이 오래된 성벽들이 제 것으로 삼지 못하는 마르트여, 쓸쓸한 왕국이 자신을 비추어 보는 샘이여, 어떻게 한시라도 잊을 수 있으리. 추억 속에 당신이 있지 않으니, 당신은 자라나는 현재. 우리는 아우러지리라. 서로 가까이하지 않고서도. 시나브로 사랑에 빠진 두 양귀비 꽃들이 거대한 바람꽃 하나를 만들어 가듯이.

나 추억들을 얽어매려고 당신의 가슴속으로 들어가지 않으리. 푸른 하늘로 출발의 갈증처럼 열리는 당신의 입술을 막아 버린다면, 그 입술 또한 취하지 않으리. 그대를 위해, 이 밤이 사라지기 전에, 변함없이 문턱을 통과하는 삶의 바람과 자유가 되려니. (OC:260)

마르트는 추억되지 않는다. 추억(souvenir)은 '오다'(venir)라는 동사에서 파생된 단어이다. 그녀는 어디에서 올까. 지금 여기에 있는데. 지금 여기에서 "자라나는 현재"인데. 그리스도의 말을 빌려도 될까. "죽은 자들은 죽은 자들이 장사 지내게 하라."

시인이 행동하고자 하는 사랑은 대상에 대한 '소유권'을 벗어난다. 시도 그러할 것이다. 시인은 "이 밤이 사라지기 전에" 자신과 가장 가까이 있었던 시에서 벗어나지만 시에 대한 혹은 시가 그에게 건네주었던 사랑을 잊지 않는다. 그것이 나의, 우리의 추억으로 머무는 것이 아니고 "자라나는 현재"이기 때문이다. 그래서 시는 마르트를 이렇게 호명하며 시작된다. "이 오래된 성벽들이 제 것으로 삼지 못하는 마르트여." 소유는 사랑하는 사람의 사랑을 죽인다. 가령 '완벽한 어머니'는 그 사랑의 죽임을 허락하지 않는다.

> 완벽한 어머니란 아무 조건 없이, 보상을 받을 생각도 하
> 지 않고 사랑을 주고, 무엇보다 아이들만을 위해 살지 않는
> 다. 그녀들은 다른 곳에서도, 다른 사랑으로도 산다. (보뱅,
> 2021:27)

그래서 소유의 벗어남은 '그대'의 현재를 위한 것이기
도 하고 ("그대를 위해, 이 밤이 사라지기 전에, 변함없이 문턱
을 통과하는 삶의 바람과 자유가 되려니"), 그대를 사랑하는
사람을 위한 것이기도 하다. 이 사랑의 자유 혹은 자유의 사
랑은 샤르의 초기시 「공동의 현존」(Commune présence)에서
도 나타난다. 사랑의 사람은 공동의 현존을 위해 "추억들을
얽어매려고" 하지 않는다. "서로 가까이 하지 않고서도 시나
브로 사랑에 빠진 두 양귀비", 그렇게 공동의 현존은 매 순간
의 새로움으로 창조되고 현존한다.

> 그대는 공통점이라고는 거의 없는 순간들을 위해 창조되었
> 지. (OC:81)

엘뤼아르는 파리에 갓 상경한 샤르에게 당시 초현실주의 그룹을 실질적으로 이끌던 앙드레 브르통(André Breton, 1896~1966) 그리고 그룹의 핵심 인물인 루이 아라공(Louis Aragon, 1897~1982), 르네 크르벨(René Crevel, 1900~1935) 등을 소개했다. 그들이 샤르를 함께 할 수 있는 동지로 여기는 데는 시간이 오래 걸리지 않았다. 샤르는 곧장 『혁명에 봉사하는 초현실주의』에 글을 싣기 시작했다. 제국주의와 극우 동맹에 반대하는 소책자들 혹은 전단지에도 샤르의 글이 등장했다.

당대의 예술가나 작가들에게 있어서 초현실주의는 비껴가기 어려운 자장(磁場)이었다. 그것은 세계대전 이후 "모든 종류의 규율과 억압, 모든 종류의 합리성과 도덕과 미학에 대한 저항"(심재중, 2001:260) 운동으로 펼쳐졌기 때문이다. 샤르도 예외가 아니었다. 그 어떤 작가가, 초현실주의를 차치하고라도, 그러한 저항선 없이 창작의 길로 나설까. 그러니까 『르네 샤르 전집』을 여는 첫 번째 시 「탕자의 횃불」(La torche du prodigue)은 그가 초현실주의 운동에 가담하기 이전에 발표되었다.

탕자의 횃불

격리된 울타리를 불태우고
너 구름은 지나간다 앞으로

저항의 구름
동굴들의 구름
최면의 조련사. (OC:7)

다섯 행의 짧은 시에서 명사 '구름'이 세 번에 걸쳐 반복되는 대신 동사는 '지나가다'(Passer)가 유일하다. 그래서 명사들은 서술적 매개 없이 서로 맞선다. 맞서는 구름들은 '부드러움'(헤르만 헤세)이나 '한가로움'(이재무) 같은 안온한 심상과는 다르다. 제목이 예고하고 있듯이, 구름은 '횃불'과 연쇄한다. 그것이 "저항의 구름"이 되어 울타리를 불태우고, 그것이 "동굴들의 구름"이 되어 어둠을 밝힌다. 그리고 구름이 되어 "앞으로" 나아간다. 딱히 훌륭한 시라고 평가하기는 그렇지만, 적어도 시의 '구름'은 합리적 답습을 물리치려고 한다. "앞으로" 전진하는 구름이 "탕자의 횃불"처럼 규율과 억압에 맞서는 상징으로 읽히는 까닭이기도 하다. 같은 시기에 쓴 시 「아르틴」(Artine)은 이런 마지막 구절로 끝난다.

시인은 그의 규범을 살해했다. (OC:19)

샤르에게 저항정신은 초현실주의 시대를 지나서도 쭉 오래간다. 1946년에 발표한 『히프노스의 단장』에 들어 있는 아포리즘 중 하나는 이렇다.

삶은 폭발로 시작되어서 타협으로 끝날 것인가? 당치 않다. (OC:209)

샤르에게 1934년은 뜻깊은 해였다. 그의 주요 시집 『주인 없는 망치』가 간행되었기 때문이다. 이후 프랑스의 대표적인 현대 음악가인 피에르 불레즈(Pierre Boulez, 1925~2016)는 이 시집에서 영감을 받아 같은 제목의 기악곡을 발표한다. 『죽기 전에 꼭 들어야 할 클래식 1001』에서 발견할 수 있는 이 곡에 대한 설명은 시사적이다. "「주인 없는 망치」는 20세기 아방가르드 음악 중 논란의 여지 없이 고전으로 인정받는 몇 안 되는 작품 중 하나로 초연부터 대단한 성공을 거두었다. 콘트랄토와 함께 알토 플루트, 비올라, 기타, 비브라폰, 마림바, 조율되지 않은 타악기의 합주는 베이스 라인이 조성되는 것을 피하고, 유럽 음악답지 않은 방식으로 형형색

색의 소리가 공중에 떠다니는 느낌을 주었다. 이 작품에서 노랫말로 쓰인 르네 샤르의 초현실주의 시는 풍부한 짜임새와 정의 내리기 어려운 의미를 내포하고 있어 이러한 느낌을 더욱 강화시킨다."(라이·이설리스, 2009:846) 그러니까 샤르의 『주인 없는 망치』는 초현실주의 시로 자리매김되고 있었고, 또한 그 이유에 대해서 장 루이 주베르는 『시』라는 책에서 이렇게 또한 요약한다. 즉, "『주인 없는 망치』는 자동기술적인 시의 일반적인 특성을 강조하는 제목"(Joubert, 2015:42)이라는 것이다. 주지하다시피, 자동기술법은 초현실주의적 글쓰기의 핵심적 방법이자 내용이다.

되도록 정신을 집중시키기에 적합한 장소에 위치를 정한 다음 필기하는 데 필요한 것을 갖고 오도록 하라. 될수록 가장 수동적이며 자극적인 상태에 자신을 위치시켜라. […] 주제를 미리 생각하지 말고 빨리 쓰도록 하라. 기억에 남지 않도록 또는 다시 읽고 싶은 충동이 나지 않도록 빨리 써라. 첫 구절은 저절로 쓰일 것이다. 물론 객관화할 것만을 요구하는 우리들의 의식적 사고와는 동떨어진 구절만이 시시각각으로 떠오를 것은 명약관화한 일이다. 다음에 어떠한 구절이 떠오를 것인가를 미리 안다는 것은 대단히 어려운 일

이다. [⋯] 마음 내키는 대로 계속해 쓰도록 하라. 속삭임의
그칠 줄 모르는 특성을 신뢰하라." (브르통, 1987:137)

파리 8대학 문학 교수였던 주베르는 "주인 없는 망치"
라는 제목에서 의도나 목적으로 제한할 수 없는 자유로운 정
신의 상징을 읽었을 것이다. 샤르는 그 시집 속에서 백지 위
에 시를 쓰는 손을 "내일 / 터트리는 화약"이라고 비유했다.
또 다른 한편으로 글쓰기가 '망치'라면, 그것은 '주인 없는 망
치'가 지닌 '깨트리기'의 글쓰기가 될 것이다. 샤르의 시가 깨
트리는 것은 문법적 원칙이나 논리적 인과성, 혹은 더 나아
가 "자신의 규범"(son modèle)이기도 할 것이다. 그러니까 예
측된 "결말의 덩어리" 같은 것은 깨트리기의 목록에 충분
히 들어갈 만하다. 『주인 없는 망치』에 있는 시 「요약」(Som-
maire)의 후반부는 이렇다.

그는 결말의 덩어리들을 예측했다
그래서 전술가는
어디에도 이르지 않는
매혹적인 지름길로 접어들었다

다가가기 힘든 찌꺼기의 끝에서

호흡의 둥근 입체가 평화 속을 뚫고 들어갔다. (OC:42)

전술가는 '우리'를 가장 적합하고 빠른 길로 안내한
다. 하지만 그 지름길이 매혹적인 것은 "어디에도"(nulle part)
이르지 않는 비(非)결말의 길이기 때문일 것이다. 모리스 블
랑쇼가 글을 쓴다는 것을 "끝나지 않는 것의 발견"(블랑쇼,
2010:25)이라고 할 때, 매혹은 그 발견으로부터 일어난다. 그
런데 시의 마지막 부분은 요령부득이다. "호흡의 둥근 입체
가 평화 속을 뚫고 들어갔다"라고 하면서 끝나는 것이다. 시
의 제목이 "요약"이나, 결론적으로 요약되기를 거절하는 시
다. "현실을 다시 구축"(김혜순, 2022)하는 듯한 이러한 표현
의 전진은 한편으로 평자들이 『주인 없는 망치』를 초현실주
의를 대표하는 작품의 반열에 올리는 이유일 것이다. 그러니
까 시적 진술은 작문이 아닐 뿐 아니라, 더 나아가 어떠한 체
계성도 맞서 깨트리고자 한다. 게다가 랭보에서 초현실주의
로 이르는 '시그니처 메뉴'인 신성모독도 『주인 없는 망치』에
서 종종 발견된다.

곤경에 빠진 역사가여, 형제여, 도망자여, 네 주인을 목매달

아라. 그의 갑옷은 그냥 빵 껍질일 뿐. 그는 공공의 건강함
을 썩게 했다. 그렇지 않으면 너는 자애 속에서 몰락할 것이
다. 십자가에 못 박힌 자의 가랑이 사이에서 시인의 식민지
적인 머리통이 흔들거린다. 숭배할 만한 용암이 번영의 반
석을 녹인다. [⋯]
질문으로, 절망은 절망을 고백하기 위해서만 번복된다.
(OC:53)

이 시를 소리 내어 읽어 보면, "십자가에 못 박힌 자"
(crucifié/크뤼시피에)의 앞과 뒤로 연쇄적 음향효과가 작동된
다. "Crapule"(크라퓔/사기꾼)을 시작으로 cuirasse(퀴라스/갑
옷), croûte(크루트/빵 껍질), créole(크레올/식민지적인) 등이
침을 뱉는 듯한 시인의 느낌을 전한다. 초현실주의가 기존의
가치와 윤리 체계에 대한 반항을 목표로 하고 있다면, 이러
한 음향적 신성모독은 그러한 반항정신을 기표(記標)적으로
혹은 신체적으로 반영한다.

트리스탕 차라(Tristan Tzara, 1896~1963)의 잘 알려진
시 구절, "당신의 뇌를 닦아 내시오"는 반항과 부정정신을 통
해 안주의 삶을 버리고 '모험의 길'로 떠나는 인간들을 대변
한다. 하지만 그 모험의 길을 인간이 계속 버틸 수 있을까. 샤

르의 시 세계가 차라적인 반항의 허무주의와 다른 것이 있다면, 그 세계가 카뮈의 다음과 같은 발언을 떠올리게 하기 때문이다. "인간의 내부에 지켜 간직해야 할 항구적인 것이 전혀 없다면, 무엇 때문에 반항을 한단 말인가?"(카뮈, 2021:36) 샤르의 시 「바람으로 머물기」(congé au vent)는 시인에게 있어서 '신성모독'이 무엇인지 알려 준다. 그러니까 시인이 "지켜 간직해야 할 항구적인 것"은 저 높은 곳이 아니라 그의 '곁'에 있다. 침묵은 그 곁을 '지켜' 준다. 그리고 그 침묵의 태도에는 반항보다 좀 더 강할 수 있는 것, 현존에 대한 겸허가 깃들어 있다.

바람으로 머물기

마을의 둔덕에는 미모사꽃밭이 야영하듯 펼쳐져 있습니다. 꽃 따는 계절이 오면, 누군가는 멀리서도 여린 나뭇가지들 사이로 하루 종일 두 팔로 일을 하던 여자아이와 향기 가득한 만남을 이룹니다. 빛나는 후광이 향기로 시작되었던 초롱을 닮아, 여자아이는 저녁볕을 등지고 사라집니다.

그이에게 말을 건네는 것은 신성모독일 것입니다.

풀밭을 가로지르는 운동화, 그 걸음에 길을 내주세요. 어쩌면 당신, 그이의 입술 위로 흐르는 밤의 촉촉함과 몽상을 구

별할 수 있는 겨를이 있을까요? (OC:130)

　　마을의 둔덕을 따라 드넓게 펼쳐져 있는 미모사꽃밭
은 샤르의 고향을 떠올리게 하는 자연 풍경 중 하나이다. 시
속에서 신성모독의 모티프가 되는 여자아이도 "운동화"를 신
고 꽃 따는 일을 하는 농촌의 평범한 아이다. 그런데 이 일상
적 전원 풍경이 남달라지는 것은 그 풍경 속의 존재들이 사
라지는 방식으로 현존하기 때문이다. 「바람으로 머물기」에
서 여자아이는 찰나적인 "저녁볕"을 등지고 함께 사라진다.
"빛나는 후광이 향기로 시작되었던 초롱을 닮아, 여자아이는
저녁볕을 등지고 사라집니다."
　　여자아이는 자연과 함께, 자연으로 사라진다. 향기도
그러하지만, 또한 바람으로 머문다는 것은 바람의 속성과 같
이 머물지 못함으로써 좀 더 강한 순간적 현존성을 지닌다.
이때 시인은 여자아이에게 말을 건네야 할까? 샤르는 침묵의
신성한 가치를 우리에게 일러 준다. "그이에게 말을 건네는
것은 신성모독일 것입니다." 그리고 샤르는 다른 시 「살아 있
거라!」에서 이렇게도 노래했다.

　　진실은 촛불 옆에서 새벽을 기다린다. 창문의 유리는 무시

되어진다. 주의하는 자에게 무엇이 문제 될까.

나의 고장에서는, 누구도 감동한 자에게 질문하지 않는다.
(OC:305)

샤르는 시가 작문도 아니지만, 주체를 완전히 해방하고자 하는 자동기술이 될 수도 없다는 점을 우리에게 일러준다. 반면에 침묵의 힘과 신비는 앞에서 잠깐 살펴본 것과 같이 시 작품의 근본적 모티프로 자주 등장한다. 초현실주의 이후 샤르가 아포리즘적인 글쓰기에 주력했던 것도 그 짧고도 강력한 밀도의 글쓰기가 침묵과 근사(近似)하기 때문이다. 그러니까 말과 함께 침묵의 태도가 동시에 작용할 때 존재(사물)는 시인에게 자신의 본질을 좀 더 적극적으로 '제공'하게 되는 걸까. 이런 글이 있다.

침묵이 작용하고 있는 세계에서는 한 사물은 다른 한 사물보다도 더 많이 결합되어 있다. 그러한 사물은 사물이 다만 다른 사물하고만 연결되어 있는 침묵이 없는 세계의 사물보다 더 독자적으로 존재하며, 더 자기 자신에게 속해 있다. 그러한 사물은 인간에게 자신의 본질을 직접적으로 제공한다. 그것은 마치 어떤 특수한 행위에 의해서 침묵으로부터 막 끌려 나온 듯이 직접적으로 인간 앞에 서 있다. 그 사물은 침묵을 배경으로 하여 분명한 모양으로 서 있고, 따라서 인간은 그 사물을 다시 특별히 분명한 모양으로 만들 필요가 없다. (피카르트, 2010:90)

시 「바람으로 머물기」에서 시인은 아이에게 말을 걸지 않는다. 미모사꽃을 따는, 운동화를 신고 있는 소녀를 "다시 특별히 분명한 모양으로 만들 필요"가 있을까. 샤르는 그때 '신성모독'(sacrilège)이라는 단어를 사용한다. 저녁볕을 "후광"처럼 등지고 사라지는 그 아이 앞에서 침묵을 깨트리는 것은 "신성모독"이다. 시인의 침묵은 사라지는 아이를 확정할 수 없는 '절대적 가능태(可能態)'로 남게 하는 방식이다. 이는 말보다 침묵적인 것이 "강렬도"(intensité)가 되는 이유이기도 하다.

강렬도는 침묵적이다. (OC:330)

단어 "강렬도"는 시나브로 들뢰즈를 떠올리게 한다. 그러니까 모든 규정을 부정하는 존재의 긍정적 힘 같은 것.

샤르는 침묵이 이러한 긍정적 힘을 포착할 수 있다고 본다. 샤르가 "강렬도는 침묵적이다"(1950)라고 했을 때, 이는 들뢰즈가 본격적으로 이 용어를 사용했던 『차이와 반복』(1968)이 출간되기 이전이었다. 어쨌거나 "강렬도"가 "침묵적"이라면, 이는 저녁볕을 따라 사라지는 소녀에게 말을 걸지 않고, 감동한 자에게 질문하지 않는 시인의 선택을 좀 더 헤아리게 해준다. 강렬도는 "다른 것과 접속하면서 새로운 것을 만들어 갈 수 있는 근거"가 되기도 하기 때문이다.

> 모든 현상은 고정된 것이 아니라 자체가 지닌 힘에 의해 다양한 방향으로 나아갈 수 있으며, 따라서 지금 있는 '어떤 것'은 항상 여러 방향으로 움직일 수 있는 내재적 리듬을 가지고 있다. 이러한 리듬은 다른 것과 접속하면서 새로운 것을 만들어 갈 수 있는 근거가 되는데, 이 리듬을 강도, 강렬도라 한다. 강렬도는 순수 차이를 포착하기 위해, 그것을 대립이나 모순으로 환원하지 않기 위해, 그리고 힘의 변환을 통해 문턱을 넘는 변이와 생성을 포착하기 위해서 중요하게 사용하는 개념이다. (윤수종, 2007:355)

초현실주의 시사(詩史)를 다루는 글에서 샤르의 부재

는 찾아보기 어렵다. 그를 처음으로 세간에 알린 『주인 없는 망치』도 초현실주의가 주도했던 자동기술의 맥락 속에서 가장 많이 언급된다. 브르통은 초현실주의를 이렇게 정의했다.

> **초현실주의**: 남성 명사. 마음의 순수한 자동현상으로서, 이것으로 인하여 입으로 말하든, 글로 쓰든, 또는 다른 어떤 방법에 의해서든 간에, 사고의 실제적 기능을 표현하는 것, 이성의 어떠한 통제도 없이, 미적이거나 윤리적인 모든 관심 밖에서 행해지는 사고의 구술. (이진성, 2008:138에서 재인용)

초현실주의는 우선 "마음의 순수한 자동현상"으로 정의된다. 그리고 "통제도 없이", "미적이거나 윤리적인 모든 관심 밖에서"와 같은 표현들은 이러한 자동현상이 전방위적 초탈(超脫)행위와 연관되어 있음을 보여 준다. 좀 더 나아가자면, '~없이', '~ 밖에서'와 같은 초탈성은 샤르의 "주인 **없는** 망치"의 의미에 깃든 규율화된 주체의 해방과 세계에 대한 새로운 인식으로 가닿는다. 이는 샤르가 초현실주의 그룹에 참여하게 되는 이유이기도 할 것이다. 하지만 자동기술이 일종의 "혼잣말의 연속"이라면, 그래서 "선문답 같은 것"(이진

성)의 과잉이 된다면, 샤르의 시에서 발견되는 침묵은 그것
들 또한 초탈하는 방식이 된다. 정리하면, 시는 "혼잣말의 연
속"도 "선문답 같은 것"도 아니기 때문이다.

> 어떤 것도 따를 수 없는 현실의 도래를 위해 우리의 요구 많
> 은-존재를 단념하게 된, 시는 말인 동시에 침묵적 도발이
> 다. (OC:410)

시는 분명 말에 속한다. 하지만 시인은 말의 결핍에
해당하는 침묵에 귀를 기울인다. 침묵이 '도발'하기 때문이
다. 그 도발은 이 세계에 넘치는 것뿐만 아니라 결핍되어 있
는 것 또한 발견할 수 있도록 도울 것이다. 샤르를 따르자면,
시는 말로써 나타난 "우리의 요구 많은-존재(notre être-ex-
igeant)를 단념"했다.

4. 초현실주의 너머, 헤라클레이토스

1935년 봄, 샤르는 파리를 떠나 고향으로 왔다. 그 한 해 동안 시를 쓰지 않았다. 침묵의 기간이었다. 트리스탕 차라는 샤르에게 근황을 묻는 편지를 보냈다. 샤르의 답장에서 그가 파리를 떠난 이유를 얼마간 헤아릴 수 있었다. "저는 서둘러 파리를 떠나야만 했습니다. [⋯] 이곳에서 보금자리를 만들고 제 삶을 수리할 작정입니다. 그것이 아직 가능하다면 말이지요." 답장을 받은 차라는 아내 그레타 크누트손(Greta Knutson, 1899~1983)과 함께 샤르의 고향을 찾아왔다. 자신이 주창했던 다다 그룹뿐만 아니라 어떠한 사회·예술 단체도 거부했던 그가 샤르에게는 남다른 호감을 갖고 있었다. 초현실주의 그룹의 수장이었던 앙드레 브르통과 결별했던 것과는 딴판이었다.

　　샤르의 고향 남프로방스 평원에는 라벤더 꽃봉오리가 잔뜩 부풀어 있었다. 꿀벌들이 꽃의 기색을 알아차리고 사방에서 잉잉댔다. 루마니아 출신인 차라의 본명은 사미 로젠스토크(Sami Rosenstock)였다. 그의 가명 트리스탕 차라는 '고향에서 슬픈'이라는 뜻을 지니고 있었다. 샤르는 '고향에서 슬픈' 차라를 반갑게 맞이했다. 그들은 일생에 거쳐 함께 실현하고자 했던 꿈이 있었다. '삶을 바꾸어야 한다'는 랭보의 테제와 '세계를 개조해야 한다'는 마르크스의 테제가 일치

되는 꿈이었다. 샤르는 좀 더 나아가서 자연 속에서 자신의
스승들을 곧잘 만났다. 자연은 삶과 세계가 일치할 수 있는
하나의 장소였다.

> 우리는 다스릴 수 없지. 우리에게 알맞은 유일한 스승이라
> 면, 번개의 섬광, 언젠가는 우리를 빛나게 하고 언젠가는 우
> 리를 찢어 버리는. (OC:381)

그해 6월 19일, 시인 르네 크르벨이 서른여섯 살에 자
살했다. 그는 샤르가 초현실주의 그룹에 참가했을 때 처음으
로 만난 문우였다. 초현실주의 그룹은 스페인 내란이 일어나
기 전부터 파시즘에 맞서는 정치적 연대를 도모했다. 1927년,
일찌감치 공산당에 들어간 브르통은 동료들의 입당을 독려
했다. 초현실주의 그룹의 기관지 『문학』이 『혁명에 봉사하는
초현실주의』라는 제명으로 바뀐 까닭이었다. 초현실주의적
반항이 정치적 목적에 종속되는 지점이었다. 하지만 브르통
은 공산당의 전체주의적 방식과 공산주의를 위한 선동 예술
에 조금씩 신물이 나기 시작했다.

공산당에 함께 가입한 루이 아라공은 초현실주의 그
룹 때부터 브르통과 의기투합한 그의 가장 가까운 동료였다.

브르통은 아라공의 시「자살」(suicide)을 소리 높여 읽으면서
시 속에 깃든 도발과 드높은 허무에 그 누구보다 즐거워했
다. 이것이야말로 초현실주의에 합당한 텍스트이고, 모든 억
압을 해체하는 자유를 향한 자살이라고 평하면서 껄껄댔다.

자살

A　b　c　d　e　f

g　h　i　j　k　l

m　n　o　p　q　r

s　t　u　v　w

x　y　z

하지만 공산당에 가입한 아라공이 시「붉은 전선」
(Front rouge)을 발표하자 브르통은 탄식했다. 꽤나 길게 느
껴지는 이 시의 마지막 구절은 이러했다. "짭새들을 때려눕
혀라. […] 어느 날 너는 개선문을 폭파하리라. / 프롤레타리
아는 자신의 힘을 알게 될 것이고 / 자신의 힘을 알게 될 것
이니 속박에서 벗어나라." 브르통은「시의 비참함」이라는 글
을 통해 이 시에 대한 날선 비판을 했다. 그들은 그렇게 결별
했다. '혁명 작가 및 예술가 연합'은 기다렸다는 듯 브르통을

제명했고, 파리의 술집에 모였던 예술가들을 서로를 위선자라고 부르며 삿대질하다가 헤어졌다. 상대방을 혐오하기 위해 마르크스, 랭보, 트로츠키, 푸리에가 소환되었다. '파리 문화보호작가회'의 운영위원이었던 르네 크르벨은 혁명을 꿈꾸는 예술가들의 이전투구를 견디지 못했다. 그는 자신의 친구에게 보낸 편지에서 이렇게 썼다. "내 몸은 개야. 난 저질의 피로 만들어진 순대이지. 내 명석함이 저주스러워!" 그는 '파리 문화보호작가회'의 총회가 열리기 전날 밤 아파트 문과 창문을 튼튼한 절연 테이프로 봉했다. 그리고 가스 밸브를 끊어서 입에 물었다. 그는 스물다섯 살 때 『우회』(迂廻, *Détours*, 1924)라는 첫 작품집을 냈다. 크르벨이 죽자 전혀 관심을 받지 못했던 그의 첫 작품집이 파리에서 곧잘 팔리기 시작했다. 독자들은 그 속에서 이런 구절을 발견했다.

> 가스 화덕에 찻물을 올려놓는 것이지요. 창문을 꼭꼭 닫고,
> 가스 밸브를 열어 놓아요. 그리고 점화하는 것을 깜빡하고
> 잊는 것이지요. (Crevel, 1924:chap.2)

사람들은 크르벨의 죽음에 대해서 각 진영을 대표하는 기관지들을 통해 서로 네 탓이라고 연일 공방을 벌였다.

샤르는 침묵했다. 하지만 크르벨의 자살은 샤르가 초현실주의의 그룹을 떠나는 결정적 계기가 되었다. 1948년이 되어서야 처음으로 크르벨의 죽음을 애도하는 샤르의 글이 등장한다. 죽음 이후 13년이 흐른 뒤였다.

> […] 크르벨에 대해 쓴다는 것은 그의 모습을 이제 차분하게 떠올릴 수 있게 되었음을 의미할 것입니다. […] 이 소중한 형제의 죽음 이후로, 저는 그의 작품들 중 그 어떤 것도 읽을 수가 없었습니다. 그러니까, 그가, 그의 눈부신 현존이, 그에게 가득했던 매혹적인 사유들이 얼마나 사무치게 그리웠는지요. 제가 알고 있는 사람들 중에서, 그는 천성적으로 자기가 가진 모든 것들을 가장 빨리, 가장 잘 건네줄 수 있는 사람이었습니다. 그는 나누지 않았습니다. 그는 주었습니다. (OC:715)

죽음 앞에서 침묵하는 것은 그 죽음을 인정하지 않는 혹은 인정할 수 없다는 것을 표현하는 하나의 방식이다. 롤랑 바르트(Roland Barthes, 1915~1980)처럼 말하자면 이는 "부재의 조작"이다. "부재를 조작하는 것, 그것은 이 순간을 연장하려는, 그리하여 그 사람이 냉혹하게도 부재에서 죽음으

로 기울어질지도 모르는 순간을 되도록 오래 늦추려는 것이
다."(바르트, 2004:34) 샤르의 침묵은 시인의 유년기를 회상하
게 하는 초기 작품 「강-어머니들」(Eaux-mères)을 소환한다.
'강'과 '어머니'의 이미지가 중첩되면서 어머니가 복수화가
되는 이 산문시에서, 어머니는 한 아이의 익사를 시인에게
알린다. 하지만 "강-어머니들"은 '죽음' 대신 '유실'이라는 표
현을 선택한다. 발설되지 않은 죽음은 시인의 원체험이 되고,
시인을 "계속 꿈꾸게 하는 자로 남게" 한다.

> 마치 전경(前景)의 종지부 같은 지평선에서, 산맥의 한줄기
> 가 나에게 푸른빛 여우를 그냥 꿈꾸도록 한다. 나의 주의
> 는 굴곡 없는 큰 강에 이끌린다. 그 강은 지나는 길 밑바닥
> 을 파내며 나를 향해 흘러온다. […] 나는 아주 멀거니 내가
> 알지 못한, 루이 폴이라는, 사라진 지 며칠 안 된, 강에서 분
> 명히 익사하였다는 확증과 계속되는 탐색에도 불구하고 사
> 람들이 몸뚱이를 찾아내는 데 성공할 수 없었던 아이의 이
> 야기를 듣는다. 나의 어머니는 말의 선택에 있어서 조심스
> 러움을 보인다. 고의로 "죽음"이라는 단어는 발설되지 않는
> 다. 그녀는 말한다: "유실(流失)." 나를 계속 꿈꾸게 하는 자
> 로 남게 하는 것. (OC:51)

1935년 겨울, 샤르는 초현실주의 그룹을 완전히 떠나기로 한 자신의 결심을 엘뤼아르에게 편지로 알렸다. 하지만 그는 이러한 떠남이 초현실주의 진영에 계속 남아 있던 엘뤼아르와의 결별이 아니라는 것을 강조했다. 진영과 이념은 우정에 비할 바가 아니었다. 샤르의 편지는 "다시 자유를 되찾았다"는 기쁨 어린 소회로 끝이 났다. 그리고 다시 찾은 자유는 자신만의 시 세계로 복귀한다는 의미이기도 했다. 1936년, 샤르는 『최초의 물레방아』(*Moulin premier*)를 출간한다. '물레방아'는 어쩔 수 없이 그의 고향을 떠올리게 한다. 릴쉬르라소르그에 가 보면, 오래된 물레방아들이 여전히 소르그강을 따라 소리 내며 돌아간다. 『최초의 물레방아』 초판본에는 18세기 계몽주의자 달랑베르(d'Alembert, 1717~1783)의 아카데미 학회 연설 중 한 구절이 제사로 사용되었다. 의미심장한 인용이었다. 초현실주의 시 창작의 핵심인 자동기술은 시를 "저절로 쓰이게" 했다. 이 '저절로'는 현실 세계 혹은 윤리의 세계에 종속되지 않는 어떤 '신비'(mystère)를 겨냥했다. 분명 의미가 있는 작업이었다. 하지만 이는 아무나 할 수 있는 넋두리처럼, 시를 도리어 너무나 "평범"한 것으로 만들어 버리는 방식이 되기도 했다. 샤르가 시대를 초월해서 달랑베르를 소환한 까닭이었다.

'평범'이라는 단어가 가질 수 있는 모든 의미에서, 평범하
게 되는 바람에 시가 이토록 희귀해진 적은 결코 없었다.
(OC:1240)

초현실주의는 문학의 전통적인 개념을 파괴하고 새
로운 삶의 방식을 감행하고자 했다(오생근, 2010:13). 샤르의
시 세계는 이러한 초현실주의를 통해 전진했다. 그것은 마치
젊은 시인의 '후견자' 같았다. 하지만 젊은 시인은 시가 결국
후견자 없이 전진해야 한다는 것 또한 알고 있었다. 그때 시
는 한 번 더 저 너머의 세계에 이르게 된다.

갑작스러운 틈새에 사로잡혀, 시는 후견자 없는 저 너머로
불어난다. (OC:783)

엘뤼아르는 스페인 바르셀로나에서 초현실주의 화가
들의 전시회를 주관하고 있었다. 그는 그곳에서 초현실주의
그룹을 떠난다는 샤르의 편지를 받았다. 엘뤼아르는 초현실
주의 집단이 샤르에게 있어서 이미 '상투형'이 되었다는 것을
깨달았다. 그는 그날 바르셀로나의 카탈루냐 음악당 사진이
담긴 엽서를 구했다. 그리고 샤르에게 답장했다. 내용은 간략

했지만, 1952년 폴 엘뤼아르가 사망할 때까지 변하지 않았던
그들의 우정을 헤아리게 해주는 엽서였다.

> 자네의 아름다운 선물은 나에게 커다란 환희를 주었네. 조
> 금 우울한 것은, 자네 없이 내가 여기에 있는 것이고, 자
> 네 없이 우리가 함께 갔었던 카페들을, 거리들을, 우리의
> 거리들을 다시 마주쳐야 한다는 것이라네. (Leclaire·Née,
> 2015:205)

기원전 고대 그리스 철학자 헤라클레이토스는 샤르
의 작품 세계를 탐색할 때 하나의 원천이 된다. 샤르가 초현
실주의 그룹을 벗어나던 시기에 출간된 『최초의 물레방아』
는 또 다른 점에서 의미심장하다. 형식적 측면, 그러니까 숫
자들이 차례로 매겨진 그의 아포리즘적 글쓰기가 본격적으
로 목격되는 작품집이기 때문이다. 정리된 설명을 따르자면,
"아포리즘이란 경구(警句)나 격언(格言), 금언이나 잠언(箴言)
등을 일컫는 말이다. 인생의 깊은 체험과 깨달음을 통해 얻
은 진리를 간결하고 압축적으로 기록한 명상물로서 가장 짧
은 말로 가장 긴 문장의 설교를 대신하는 것이라고 할 수 있
다"(한국문학평론가협회, 2006). 그러니까 샤르는 "가장 짧

은 말"로 독자를 향한 무엇인가를 "압축적으로" 표현하기 시
작했다. 이는 "일련의 문장들이 연속적으로 이어져서", "자제
력이 허망하게 되는"(Breton, 1929:32) 자동기술과는 결이 다
른 글쓰기였다. 좀 더 나아가면, 이러한 글쓰기의 방식은 헤
라클레이토스와 관련이 깊다. 알랭 몽탕동(Alain Montandon,
1945~)은 『짧은 형식들』에서 헤라클레이토스를 비중 있게 다
룬다. 그의 아포리즘적 연속체, 그러니까 '파편적 글쓰기'는
"짧음과 전부, 간결과 모호, 시원과 깊이"를 동시에 작동시키
는 독특한 집합체로 소개된다. 그리고 몽탕동은 좀 더 부연
한다.

> 헤라클레이토스의 아포리즘은 권위적 계시의 전통에서 벗
> 어나서 완곡하고, 모호하고, 논쟁적인 방식으로 표현되었
> 다. 그에게는 제자가 없었지만, 그의 글쓰기 속에서 어떤 단
> 일한 뜻 맞추기에 이르지 못하는 다수의 해석학자들이 그를
> 따랐다. 역설적이고, 수수께끼 같은, 논증의 진행이 어려운
> 그의 사유는 명백함 속에서 명백할 수 없는 것을 제시했다.
> 그러니까 "연결될 수 있는 수많은 상징들을 통해 우주적 합
> 일의 어떤 법"에 이르고자 했다. (Montandon, 1992:80)

　　인용문에 따르면 헤라클레이토스는 제자가 없었다. 계승되는 것이 학문이라고 여겼던 당시에는 드문 경우였다. 덧붙이면, 그에게는 스승도 없었다. 그래서 이런 이야기가 나왔다. "어렸을 때 그는 자신이 아무것도 모른다고 말하곤 했지만, 장성한 뒤엔 모든 것을 알고 있다고 주장했다. 또한 그는 누구에게도 가르침을 받지 않았다. 그는 자기 자신을 탐구했으며 모든 것을 자기 자신에게서 배웠다고 말했다."(라에르티오스, 2021:232) 헤라클레이토스는 '스코테이노스'(Skoteinós)라는 별명을 지녔다. '어두운 자'라는 뜻이었다. 그의 글이 어렵게 느껴졌기 때문이었다. 달리 말하면, 사람들에게 그의 메시지는 마치 어둠 속에서 제시하는 '암시'(暗示) 같았다. 그는 "그리스 철학에 장기간 영향을 끼쳤다. 파르메니데스나 데모크리토스, 플라톤, 아리스토텔레스의 철학은 거의 헤라클레이토스가 발견했던 그 변화하는 세계라는 문제를 풀려는 시도였다"(포퍼, 2006:25). 샤르는 헤겔에까지 이르는 그의 영향력, 논리로 재단할 수 없는 그의 글이 지닌 생명력이 흥미로웠다. 사람들이 헤라클레이토스가 살아 있을 때 그의 글이 지닌 뜻을 자꾸 캐묻자 이렇게 말했다. "델피에서 신탁을 주시는 그분은 누설하지도 않고 감추지도 않고 그저 암시를 주실 뿐이다."

3세기경 그리스의 철학사가 디오게네스 라에르티오스(Diogenes Laertios)에 따르면, 헤라클레이토스는 아포리즘의 형식으로 이루어진 한 권의 책을 썼다. 제목은 『자연에 대하여』(*De la nautre*)이고, 우주론·정치학·신학의 3부로 이루어져 있었다. 라에르티오스는 그 책에 대해서 이렇게도 얘기했다. "표현의 간결함과 무게는 달리 비길 데가 없었다."(라에르티오스, 2021:234) 사본 한 권이 기원전 3세기에 세워진 알렉산드리아 도서관에 보관되어 있었다는 추측이 있었다. 하지만 마치 "고대의 유령 서적들"(페히만, 2008:190)처럼 사본마저 사라졌다. 다행히 사라지기 전에 그 책을 읽었던 자들이 있었다. 그들의 책에서 헤라클레이토스의 글이 이따금 인용되고 전승되었다. 그것들이 순서 없이 모여서 다시 헤라클레이토스의 이름으로 책이 출간되었다. 1931년 샤르는 처음으로 모리스 솔로빈(Maurice Solovine, 1875~1958)이 번역한 그의 아포리즘들을 접했다. 짧게 끊어치는 글들이 "우리의 뼈 어딘가로 숨어드는 섬광"(OC:201)처럼 시인을 매혹시켰다. 이미 오래전에 헤라클레이토스는 헤겔, 마르크스의 변증법적 사유에 중요한 단초가 되었다. 거기에 시인이 한 명 더 추가된 것이다. 가령 헤라클레이토스의 이런 글들은 샤르의 문학 세계로 짙게 드리워졌다.

대립하고 있는 것은 일치하고 있는 것에 있고, 가장 아름다운 조화는 갈등하고 있는 것으로부터 나온다(그리고 모든 것들은 투쟁을 통해 태어난다).

같은 강에 발을 담근 사람들(의 발) 위로는 항상 다른 강물이 흐른다.

죽음은 우리가 깨어 있을 때 보는 것이다. (하지만) 우리가 잠들어 있는 것을 보는 것은 잠이다.

허영심 : 성스러운 질병 ; 보는 것은 속는 것이다.

영혼은 물이 됨으로써 죽고, 물은 흙이 됨으로써 죽고, 흙으로부터 물이 나오고, 물로부터 영혼이 나온다.

글을 쓰는 길은 곧으면서 (동시에) 구부러져 있다. (돌리면서 실을 잣는 코크리아스(Kochlias)라고 불리는 것은 곧으면서 구부러져 있다. 왜냐하면 위로 올라가면서 돌고, 돌면서 올라가기 때문이다.) 그것은 하나이며 동일한 것이다.

또한 우리는 그 길이 어디로 가는 것인지를 잊어버린 사람을 기억해야 한다.*

알베르 카뮈는 『반항하는 인간』에서 샤르와 헤라클레이토스를 함께 언급했다. 현대 시인과 고대 철학자의 연결점은 절도의 여신 네메시스(Némésis)였다. 그러니까 카뮈는 그들로부터 '절도의 정신'이 이어지는 것을 발견했다.

반항으로 태어나는 절도는 오직 반항에 의해서만 존속할 수 있다. 절도는 지성에 의해 끊임없이 유발되고 통제되는 하나의 항구적 갈등이다. 절도는 불가능을, 심연을 정복하려 하지 않는다. 절도는 그것들과 균형을 이룬다. (카뮈, 2021:518)

카뮈에 따르면 샤르는 "불가능을, 심연을 정복하려 하지 않는" 절도를 "긴장된 의연함"으로 표출했다. 일테면 카뮈는 샤르가 당기는 활의 양쪽 끝이, 그 한 줄의 "긴장된 의연

* 　인용된 헤라클레이토스의 글은 고병권이 옮긴 「헤라클레이토스의 단편들」(『문학과 경계』 가을호, 2001)에서 발췌했다.

함"이 자신이 『반항하는 인간』에서 전하고자 했던 내용을 온전하게 담고 있다고 보았다. 그는 책의 결론 부분에서 샤르의 아포리즘을 인용했다.

추수에 대한 집념과 역사에 대한 무관심이 내가 당기는 활의 양쪽 끝이다. (OC:754)

샤르는 이후 논란을 야기했던 자신의 글에 대해서 어떤 설명도 해명도 하지 않았다. 단 한 줄의 문장이었지만, 당시의 사람들은 그 속에서 "역사에 대한 무관심"이라는 표현만 크게 보았다. 감히, 역사에 대해 무관심하다니! 보이는 것만 보이기 마련이었다. 그 아포리즘 뒤에 덧붙여진 좀 더 짧은 문장은 한층 더 반동적이었다.

가장 음험한 적은 현시성이다. (OC:754)

카뮈의 표현을 빌리자면, 샤르의 아포리즘이 발표되던 때는 "절대적으로 옳다고 확신하는 사람들 속에서 숨이 막히는" 시절이었다. 사람들은 "역사에 대한 무관심"으로 건너가기 전에 "추수에 대한 집념"으로 팽팽하게 당겨

진 활의 시위를, 그 보이지 않는 역사의 근원적 활시위를 헤
아리지 않았다. 그들의 먼 조상, 블레즈 파스칼(Blaise Pascal,
1623~1662)이 했던 말을 떠올릴 만했다. "사람은 어느 한 극단
으로 쏠림으로써가 아니라 양극단에 동시에 닿음으로써 자
신의 위대함을 보여 준다." 그래서 카뮈는 샤르의 "활의 양쪽
끝"에 대해서 이렇게 설명을 덧붙였다.

> 만약 역사의 시간이 수확의 시간으로 이루어지지 않는다면
> 역사는 사실상 인간이 더 이상 끼어들 여지가 없는 하나의
> 잔인하고도 덧없는 그림자에 불과하다. 그 역사에 몸을 바
> 치는 자는 아무것도 아닌 것에 몸을 바치는 셈이며 그 자신
> 조차 아무것도 아닌 것이다. 그러나 스스로의 삶의 시간에
> 몸 바치는 사람, 그가 지키는 집과 살아 있는 인간들의 존엄
> 에 몸 바치는 사람은 대지에 몸 바치는 사람이니 그는 대지
> 로부터 수확을 얻어 그 수확으로 다시 씨를 뿌리고 양식을
> 얻는다. 결국 적절한 때에 역사에 반항할 줄 아는 사람들이
> 야말로 역사를 앞으로 나아가게 한다. 그것은 끝없는 긴장,
> 그리고 르네 샤르가 말하는 저 '긴장된 의연함'을 전제로 한
> 다. (카뮈, 2021:521)

샤르의 아포리즘에 대한 카뮈의 설명은 샤르의 「공동
의 현존」이라는 시의 제목을 떠올리게 한다. 카뮈의 『반항하
는 인간』은 1951년에 출간되었다. 그리고 카뮈가 그 책에서
인용한 샤르의 아포리즘은 1952년 발표된 『긴장된 의연함으
로』(A une serénité crispée)에 수록되어 있었다. 발표되기 전에,
"추수에 대한 집념과 역사에 대한 무관심이 내가 당기는 활
의 양쪽 끝이다"라는 아포리즘은 카뮈에게 개인적으로 전해
졌을 것으로 사료된다. 당시는 냉전 시대였다. 일테면 자본
주의와 공산주의가 극렬하게 대립되면서 테러와 전쟁이 이
어졌다. 나치에서 해방된 프랑스 정부는 콜라보(부역자)들을
재판하고 숙청했다.* 샤르는 독일강점기 동안(1940~1944) 프
로방스 산악 지대에서 활약했던 레지스탕스(저항군) 지휘자
의 전력으로 추앙받았다. "암울한 시기"(Les années sombres)
동안 그는 실명 대신 '알렉상드르'라는 가명을 사용했다. 레

---

*   "점령 당국이나 식민 당국에 대한 현지 주민들의 협력의 역사는 인류
사에서 전쟁이나 점령의 역사만큼이나 오래된 것이다. 하지만 오늘
날 서양어 '협력'이라는 단어(영어·불어로는 collaboration, 독일어로는
Kollaboration)가 무엇보다도 '점령군이나 적국에 대한 협력 행위'라
는 의미를 포함하게 된 것은 독일강점기 프랑스의 대독협력 정부인
비시 정부를 이끈 페탱의 대국민 연설에서 비롯된 것이었다."(이용우,
2015:19)

지스탕스 단원들은 해방 이후 그가 시인이라는 사실을 알고 놀라워했다. 증언을 모아 보면, 그는 적에게 맞서 신속하게 행동했고, 냉정하게 판단했다. 샤를 보들레르가 땅 위에서 뒤뚱거리는 새 '알바트로스'로 비유했던 시인의 대체적인 이미지와는 딴판이었다. 『히프노스의 단장』은 당시의 실존적 상황을 헤아리게 한다.

> 예전에는 침대에 몸을 누이는 순간에, 일시적인 죽음의 생각이 졸음의 한복판에서 나를 가라앉히곤 했다. 오늘, 나는 몇 시간 살기 위해 잠을 잔다. (OC:229)

친독 정권을 청산한 새로운 정부의 법무위원회는 샤르를 부역자 재판소의 최고위원으로 추대했지만, 샤르는 거절했다. 사람들이 자신과 다른 길을 선택하는 이유나 의사를 헤아려 주던 시절이 아니었다(그런 시절이 과연 있을까). 미셸 푸코가 좋아하는 샤르의 구절이 있다. 그 구절은 그의 『성의 역사 1~4』 표지에서 두고두고 제사로 사용되었다.

> 인간들의 역사는 똑같은 단어의 동의어들의 긴 연속체이다. 그것을 거스르는 것은 하나의 의무이다. (OC:766)

샤르의 거절에 대해 마뜩잖게 여기는 자들이 생겨났
다. 그의 선언 같은 구절, "추수에 대한 집념과 역사에 대한
무관심"은 한가한 주장을 넘어선 반동이었다. 독일이 아니라
프랑스 내부가 서로에게 정치화되고 첨예하게 반목하는 시
절이 지속됐다(Wieviorka, 2010:23). 그러니까 그 구절은 장폴
사르트르(Jean-Paul Sartre, 1905~1980)가 『문학이란 무엇인가』
에서 언명한 것, "역사 속에서 역사에 의하여 역사를 위하여"
자신을 투척해야 하는 당대의 작가정신과 어긋났다. 그 어긋
남은 레지스탕스였던 시인의 또 다른 저항이자 거부였다.

> 동의는 얼굴을 밝게 한다. 거부는 그 얼굴에 아름다움을 건
> 네준다. (OC:194)

샤르의 아포리즘은 한편으로 헤라클레이토스의 그
유명한 역설의 경구를 떠올리게 한다. "대립하고 있는 것
은 일치하고 있는 것에 있고, 가장 아름다운 조화는 갈등하
고 있는 것으로부터 나온다." 이를 두고 인도의 라즈니쉬 오
쇼(Rajneesh Osho, 1931~1990)는 갈등이 없다면 "가장 아름
다운 조화"는 얼마나 무미건조한 것이냐고 되묻는다(오쇼,
2013:38). 이러한 역설적 이해는 샤르에게도 적용될 수 있다.

게다가 앞으로 좀 더 살피겠지만, 샤르의 '거부'는 존재적 변
증법을 넘어서 삶의 윤리성을 구성한다. 신형철의 다음과 같
은 주장이 헤아려지는 까닭이다. "너무 많은 것은 긍정과 승
인의 윤리이고 너무 부족한 것은 부정과 거절의 윤리다."(신
형철, 2008:177)

　　그런데 좀 더 근본적인 것은 샤르의 시와 아포리즘에
는 '인간의 얼굴'에 대한 전언이 자주 등장한다는 점이다. 여
기서 '인간의'라는 한정은 췌언이다. 얼굴은 대개 인간의 형
상으로 사용될 수 있는 표현이기 때문이다. 하지만 샤르가
얼굴에 대해 말할 때, 그것은 얼굴이 인간의 감출 수 없는 모
습이라는 사실을 다시금 환기한다. 모습은 진실을 보여 준다.
그러니까 그의 '거부'는 관념적인 것이 아니다. 바로 살아 있
는 인간의 것이다. 그 인간의 얼굴이, "추수에 대한 집념"이,
"빵의 얼굴"로 나타나는 까닭이다.

> 내가 믿는 바는, 일용할 빵의 얼굴, 빵의 절박한 필요가 그
> 사람들에게 말 그대로 인간의 모습인 그 모습을 만들어 주
> 었다는 것이다. (OC:1063)

샤르는 시가 '지금 여기에' 있는 삶에서 시작되지 않

을 때, 그것이 모두 무효가 됨을 안다. 이는 그의 근본적인 윤리이며, 그가 초현실주의 운동을 떠나 고향에 이른 까닭이다.

> 헛되게, 나는 동시에 나의 영혼 속에 그리고 나의 영혼의 바깥에 있다. 유리창 앞에서 멀리 그리고 유리창에 기대어, 벌어지는 범의귀꽃. 나의 갈망은 끝없다. 삶 말고 아무것도 나를 붙잡지 못한다. (OC:270)

샤르는 헤라클레이토스적인 역설 같은, 하지만 삶의 또 다른 국면을 일러 주는 아포리즘을 우리에게 건넨다.

> 영원은 더 이상 삶보다 길지 않다. (OC:201)

역사학자이자 자칭 샤르의 '내밀한 친구'였던 폴 벤느는 이 역설의 아포리즘에 주목했다. 역설 속에서 삶에 대한 변함없는 시인의 '강렬도'를 보았기 때문이었다. 지금 이곳의 실존이 애호되는 이러한 해석은 가장 타당할 것이다. 하지만 같은 구절에서 다른 읽기, 즉 삶의 덧없는 것들에 대한 긍정을 헤아려 볼 수도 있을 것이다. 결국 영원에 이를 수 없는 삶, 그래서 더욱더 삶의 강렬도에 이를 수도 있는 현존 같은

것. 이러한 다른 읽기는 카뮈의 『결혼·여름』이라는 책을 서
둘러 다시 찾아 읽게 한다.

> 강은 지나가지만 바다는 지나가고도 머문다. 바로 이렇게
> 변함없으면서도 덧없이 사랑해야 하리. 나는 바다와 결혼한
> 다. (카뮈, 1998:177)

카뮈는 『반항하는 인간』을 마무리하기 위해 다시금
샤르의 "활의 양쪽 끝"에 대한 아포리즘을 소환한다.

> 우리들 저마다 다시금 스스로의 진가를 발휘하기 위하여,
> 역사 속에서 그리고 역사와 맞서서, 자신이 이미 소유하고
> 있는 것을, 즉 자신의 밭에서 얻는 빈약한 수확과 저 대지에
> 대한 짧은 사랑을 획득하기 위하여 팽팽하게 활을 당겨야
> 하는 이 시간, 마침내 한 인간이 탄생하는 이 시간, 시대와
> 시대의 열광을 청춘의 모습 그대로 남겨 두어야 한다. 활이
> 휘고 활등이 운다. 최고조의 긴장이 절정에 이르러 곧은 화
> 살이 더없이 단단하고 더없이 자유롭게 퉁겨져 날아갈 것이
> 다. (카뮈, 2021:528)

카뮈의 글은 샤르의 아포리즘이 지니고 있는 의미적 맥락을 일목요연하게 보여 준다. 그러니까 샤르는 아포리즘이 "가장 짧은 말로 가장 긴 문장의 설교를 대신하는 것"이라는 정의를 다시 한번 헤아리게 해준다. 아포리즘적 글쓰기는 독자에 따라 수시로 좀 더 다른 해석들을 유도한다. 시와 비슷하다. 샤르가 시의 형식과 아포리즘적 글쓰기를 혼용해 쓰는 까닭이다. 하여 박준상의 해설을 빌리면, 독자는 "시인의 언어를 매개로 시인이 아니라 자기 자신을 보고 읽을 수 있다"(김혜순, 2022:266). 카뮈도 그런 시의 독자였다. 그는 샤르에게 보내는 편지에서 이렇게 고백했다. 이 편지를 번역한 백선희가 어느 독회가 끝난 뒷자리에서 그 고백의 구절을 한국어로 한 번, 그리고 프랑스어로 한 번 읊었다.

당신을 알기 전에는, 시 없이도 잘 지냈습니다.
Avant de vous connaître, je me passais de la poésie.

카뮈는 샤르의 초기시들 중에서 「공동의 현존」이라는 시를 좋아했다. 제목이 마음에 들었는지 샤르에게 보내는 편지에서 '공동의 현존'이라는 표현을 곧잘 사용했다. '공동'이라는 단어에 '현존'은 군말 같기도 하고, '현존'에 '공동'도 마

찬가지인 듯하다. 공동(共同)하지 않으면 어떻게 현존(現存)할
까. 카뮈가 불의의 자동차 사고로 사망했을 때, 샤르는 그를
기리는 산문시를 썼다. 마지막 구절이 이랬다.

> 우리가 불가사의함의 모든 무게를 질문하는, 다시금 견뎌
> 내는 시간에, 별안간 고통이 시작되는데, 동료의 고통이 동
> 료로, 이번에는 궁수조차 파고들 수 없는. (OC:412)

이 타자의 현존, "동료의 고통이 동료"로 되는 이 현존
을 "공동의 현존"이라고 할 수도 있겠다.* 카뮈 사망 후에 샤
르는 자신의 대표 시들을 모아서 자선 시집을 출간했다. 시
집의 제목 또한 『공동의 현존』(1964)이었다. 조금 긴 그 시의
한 구절, 그리고 마지막 구절은 이렇다.

> 그의 확실성의 그의 반항의 그의 잊어버림의 그의 성과의
> 그의 사랑의 그의 지각의 수호자여 [⋯]

---

* 이를테면 레비나스(Emmanuel Levinas, 1906~1995)적인 윤리를 떠올
려 볼 수 있을 것이다. "그 윤리는 사실 타자가 그의 지배주의적 악의
나 그의 우월한 힘 때문이 아니라, 그의 약함이나 그의 불행 때문에
나에게 주인으로 나타나는 관계에만 관심을 기울이고 있다."(박준상,
2014:102)

먼지를 분봉(分蜂)하라

아무도 당신들의 결합을 알아내지 못하리니. (OC:81)

　　"의"(de)라는 조사로 이어지는 것, 그러니까 앞의 체언(體言)이 뒤의 체언이 나타내는 대상을 만들거나 순차적으로 소유됨을 나타내는 단어들의 나열이 눈에 띈다. "확실성"과 "반항"처럼, "잊어버림"과 "성과"처럼, "사랑"과 "지각"처럼 대립어들을 욱여넣어 어떤 의미 체계가 세워지는 것 같지만, 그것들이 정녕 서로의 대립어들이라고 단정하기는 어렵다. 그러니까 설명되지도 않고 증명되지도 않는 의미들의 편차가 서로에게 자꾸 올라타거나 미끄러진다. 그래서 그것들은 지속적으로 '갈등'한다. 헤라클레이토스가 말했듯이 "갈등"이 "가장 아름다운 조화"일 수 있다면 더욱 그렇다. "수호자"(gardien)는 의미 체계가 완결되는 것이 아니라 완결되지 않는 균열을 지킨다.

　　그의 확실성의 그의 반항의 그의 잊어버림의 그의 성과의

　　그의 사랑의 그의 지각의 수호자여 […]

「공동의 현존」의 마지막 시 구절은 또 다른 지점에서 헤라클레이토스를 환기시킨다.

먼지를 분봉(分蜂)하라
아무도 당신들의 결합을 알아내지 못하리니.

시가 의미 체계의 완결이 아니라 완결되지 않는 균열을 지켜 내는 것이라면, "먼지를 분봉하라"는 수수께끼 같은 명령이 좀 더 흥미로워진다. 먼지는 뭘까. 헤라클레이토스의 사유를 따르자면, 먼지는 우주이다. "우주란 기껏해야 되는 대로 흩어져 있는 먼지와 같다." 이는 우주를 고정된 '거대한 건축물'로 여겼던 고대 그리스 철학자들의 대체적인 생각과는 다른 경우였다. 우주가 먼지라면, 우주는 고정된 것이 아니라 유전한다. 이는, 김광석의 노래대로, 시가(시인이) 먼지가 되는 까닭이다. "작은 가슴 모두 모두어 / 시를 써 봐도 모자란 당신 / 먼지가 되어 / 날아가야지 / 바람에 날려 당신 곁으로."

그런데 샤르의 시에서 사용된 "분봉"이라는 단어는 한 무리의 벌들이 여러 개의 무리로 '나누어지는 과정'을 일컫는다. 이러한 '먼지의 분봉'이 한결 의미심장해지는 까닭은 흩어진 것들이 계속해서 나누어지는 과정이 "당신들의 결합"
으로 명명된다는 점에 있다. 아무도 이 결합을 알아내지 못
함은 나누어지는 과정이 역설적으로 "공동의 현존"이자 결합
이 되기 때문일 것이다. 그러니까 "당신들의 결합"은 완성이
아니라 또 다른 '생성'으로 이르는 과정 중에 있다. "아무도",
"시를 써 봐도", 그 결합의 끝에 이를 수 없는.

　　샤르에게는 『가루가 된 시』(*Le poème pulvérisé*)라는 제
목의 시집이 있다. 제목이 야릇해서 연구가들 사이에서 말들
이 많았다. 「공동의 현존」의 마지막 시 구절, "먼지를 분봉하
라"는 명령의 의미를 함께 꾸려서 생각해 본다면, 시가 왜 '가
루'가 되는지에 대해 좀 더 헤아려 볼 수 있을 것이다. 『가루
가 된 시』는 다음과 같은 물음으로 시작된다.

　　자신 앞에 미지의 것이 없다면 어떻게 살아갈까? (OC:247)

　　야릇한 제목을 가진 샤르의 또 다른 소시집 중에는
『도서관은 불타고 있다』(*La bibliothèque est en feu*)가 있다. 시인
은 제목의 이 문장을 레지스탕스 활동 당시 대원들 간의 암
호문으로 사용했다. 샤르의 고향 근처에 세워진 보클뤼즈 레
지스탕스 박물관에는 이 암호문이 적혀 있는 비밀 수첩이 전

시되어 있다. 그러니까 이 암호문 밑으로 아포리즘적인 짧은 글들이 여백을 사이에 두고 파편적으로 이어진다. 파편적인 것은 글들이 마치 암호문처럼 서로 간에 어떤 의미적 연관성을 드러내 놓고 있지 않아 보이기 때문이다. 샤르의 또 다른 시집 제목인 『말의 군도』(*La parole en archipel*)처럼,* 글쓰기의 방식이 "불규칙하게 모여 있는 크고 작은 섬들" 같다. 섬들이 불규칙하게 모여 있으니까 그들 사이에는 크고 작은 공간과 거리들도 현존할 것이다. 게다가 이런 지대 또한 있을 것이다. "군도는 섬들이다. 그런데 그 섬들 사이로, 바다 밑으로, 그것들을 이어 나가고 있는 지대(地帶)들이 숨겨져 있다. 비유컨대, 그 숨겨져 있는 지대가 치뻗다가 문득문득 존재와 의미의 절정처럼 융기하는 것이 군도이다. '말의 군도' […] 숨겨져 있는 지대를 드러내 보이거나 한 번 더 잠수해서 음미하는 것은 독자가 알아서 할 몫이다."(이찬규, 2006:147) 그런데 앞의 제목으로 돌아가자면, 도서관은 왜 불타고 있나? 제목의 인과성을 생각하는 것이 무리일 수도 있으나, 파편적인 텍스트 속에 '불'이나 '도서관'이라는 특정 공간에 대한 단

---

* 　백선희는 이 시집의 제목을 『떼섬 언어』라고 번역했다(카뮈·샤르, 2017:249). 군도의 우리말은 '떼섬'이거나 '무리섬'일 것이다. 아름다운 표현이므로 적어 놓는다.

서가 담겨 있는 것이 아닐까.

나에게 글쓰기는 어떻게 찾아왔을까? 어느 겨울날, 창문 위
로 떨어지는 새의 솜털처럼. 이윽고 난로 속에서, 지금도 아
직, 끝나지 않는 불씨들의 싸움이 일어났다.

횃불, 나는 오로지 그이와만 왈츠를 춘다네. (OC:377~378)

불과 관련된 구절들을 추려 보면, 도서관의 화재는 그
리 나쁜 '사건'이 아니다. 시인은 '불'하고만 "왈츠"를 추겠다
고 하니, 분명한 것은 그가 불을 좋아한다는 점이다. 사적인
편지를 들춰 보면 불타는 도서관에 대한 시인의 애호 또한
분명하다. 샤르는 1956년 5월의 어느 화요일 저녁에 자신의
시와 함께 이런 편지를 카뮈에게 보냈다. "내 도서관은 압니
다. 불이 났지만, 기쁨의 불이라는 걸… 늘 고맙습니다."(카뮈·
샤르, 2017:168) 게다가 시인은 글쓰기를 "불씨들의 싸움"으
로 비유한다. 이러한 비유에는 "고정 불변의 실체는 존재하
지 않으며 모든 것들은 변화"한다고 언명한 헤라클레이토스
의 목소리가 겹쳐진다. 고대 철학자는 모든 물질을 '불'의 과
정 혹은 변형으로 여기면서 변화의 필연성을 역설했기 때문

이다. 칼 포퍼(Karl Popper, 1902~1994)는 이 점을 요약한다.

> 헤라클레이토스의 경우, 변화의 강조는 그로 하여금 고체이
> 건 액체이건 기체이건 간에 모든 물질들은 불꽃과 같은 것,
> 즉 그들은 사물이라기보다는 과정이며, 그들 모두는 불의
> 변형이라는 이론을 낳게 한다. 분명히 고체인 흙(재로 구성
> 된)은 단지 변형의 상태에 있는 불일 뿐이며, 액체(물, 바다)
> 까지도 변형된 불이다. (그리고 액체는 기름의 형태에서는
> 연기가 될 수도 있다.) "불의 최초의 변형은 바다이다. 그러
> 나 바다의 반쪽은 흙이고 다른 반쪽은 더운 공기이다." 그러
> 므로 흙, 물, 공기와 같은 다른 모든 '요소'들은 변형된 불이
> 다. (포퍼, 2006:27)

그러니까 샤르의 '불이 난 도서관'은 상징성이 크다.
그곳은 글의 기록을 모아 두는 데가 아니라 기록이 시시각각
변화하는 장소가 되기 때문이다. 도서관은 지식을 보관하는
장소에서 변화를 통해 무한으로 이르는 통로가 된다. 샤르는
「도서관은 불타고 있다」에서 그 통로를, 그 자유의 장소를 이
렇게 노래했다.

어떻게 나의 자유를, 나의 놀라움을 말할 것인가, 천 번의
에움길 끝에, 그곳은 밑도 없으며, 천장도 없으니. (OC:379)

글은, 그 기록됨은 "고정 불변의 실체"가 아니다. 샤르
가 「도서관은 불타고 있다」에서 자신의 글쓰기를 "지금도 아
직, 끝나지 않는 불씨들의 싸움"이라고 말한 이유이다. 그는
『형식적 분할』에서 헤라클레이토스를 직접 언급한다.

헤라클레이토스는 대립하는 것들의 열광적인 결합을 강조
한다. 그는 무엇보다도 그것들 속에서 조화를 낳는 흠결 없
는 조건과 필수적인 힘의 바탕을 목격한다. 이러한 대립하
는 것들이 엉겨 붙는 순간에 정해진 출처 없는 충격이 솟아
오르곤 한다. 그로부터 붕괴시키는, 홀로인 행동이 심연으
로의 미끄러짐을 일으킨다. 그 미끄러짐은 그렇게나 반물리
적인 방식으로 시를 운반한다. 어떤 때는 확실한 이성을 따
르는 전통적인 요소로, 어떤 때는 인과 관계를 무효화시킬
만큼 기적적인 창조신(神)의 불을 통해, 그 위험을 순식간
에 분할하는 것은 시인의 몫이다. 그리하여 시인은 대립하
는 것들 —— 이러한 일회적이고 섞갈린 환영들 —— 이, 그것
들의 내재하는 계통이 육화됨으로써, 시와 진실에 다다르는

것을 목격할 수 있다. 알다시피, 시와 진실은 동의어이니.
(OC:159)

샤르는 헤라클레이토스에 대한 언급을 시에 대한 사
유로 이어 나갔다. 피에르 게르(Pierre Guerre, 1910~1978)는
그 사유를 이렇게 요약했다. "시는 그것과 분리될 수 없어서,
드높아지는, 또 다른 요구 사항이 있다. 그것은 바로 진실이
다."(Guerre, 1971:45) 시가 왜 진실과 분리될 수 없어서 그것
과 동의어 수준까지 되는 것일까? 영국의 시인 존 키츠(John
Keats, 1795~1821)가 일찍이 「그리스 항아리에 바치는 노래」
에서 언급했듯이 아름다움이 또한 진실이기 때문에 그런가.
"미는 진실, 진실은 미, 그것이 그대가 / 지상에서 아는 전부,
그리고 그대가 알아야 할 전부." 그러니까 오래전부터 진실
의 동의어들이 꽤나 있었던 셈이다. 그런데도 "시와 진실은
동의어"라는 샤르의 구절이 새삼스러운 까닭이 있다. 시는
"대립하는 것들의 열광적인 결합"을 통해 진실을 밝히는 것
이 아니라 진실을 넓혀 나가는 것이기 때문이다. 따라서 한
정할 수 없는 시라는 진실을 우리에게 전달하는 시인의 이미
지는 이렇게 나타난다.

시인은 구별 없이 패배를 승리로, 승리를 패배로 바꾸는, 단
지 창공의 수집에만 마음을 쓰는, 출생 이전의 황제이니.
(OC:155)

　　초현실주의 이후, 샤르의 아포리즘에는 시와 시인에
대한 언급이 등장한다. 그러니까 샤르만큼 시와 시인을 성찰
과 정시(正視)의 주체이자 대상으로 끊임없이 호명한 프랑스
시인은 찾기 어렵다. 샤르의 또 다른 연구가인 가브리엘 부
누르(Gabriel Bounoure)는 샤르의 시를 "진실을 향한 한없는
움직임"으로 보았다. 시의 진실은 사실의 확인과 다르다. 게
다가 대립하는 것들의 "열광적인 결합"(l'exaltante alliance)이,
그것이 대립의 소멸이 아니기 때문에, "진실을 향한 한없는
움직임"이 된다. 헤라클레이토스에 대한 샤르의 언급을 따
르면, 시인은 대립하는 것들이 "육화"되는 것을 눈여겨보았
다. 시를 위해서는 육화되는 것의 "내재적 계통"까지 필요했
다. 시는 "확실한 이성을 따르는 전통적인 요소로, 어떤 때는
인과 관계를 무효화시킬 만큼 기적적인 창조신의 불을 통해"
진실을 넓혀 갔다. 그리고 샤르는 좀 더 많은 곳에서 시와 진
실보다 시와 인간을 동의어로 여겼다. 진실보다 인간을 하위
에 둔 헤라클레이토스와 다른 점이었다. 샤르가 아래의 구절

에서 지칭한 "그"는 인간이기도, 시이기도 했다.

> 그는 더 많이 이해할수록, 그는 더 많이 아프다. 그는 더 많
> 이 알수록, 그는 찢어진다. 그런데 그의 명료함은 그의 비애
> 와 상응하고, 그의 완고함은 그의 절망과. (OC:466)

샤르는 창조의 절대적 권능을 인정하지 않았다. 랭보
처럼 불가능한 것을 가능하게 하는 것이 시라고 확신하지 않
았다. 그런 창조에 대한 신념 때문에 랭보처럼 절필하지도
않았다. 이를테면 "불가능성의 가능성을 믿어 보려"(나희덕,
2021:100) 했다. 그 믿음의 진행은 아감벤이 지적했듯이 자신
의 변모를 위한 계속되는 고행의 실천이기도 했다.

> 글을 쓴다는 것은 고행을 실천하는 행위의 일부이다. 이 고
> 행에서 작품의 창조는 글을 쓰는 주체의 변모에 비해 부차
> 적인 차원으로 밀려난다. (아감벤, 2016:177)

앞에서 인용한 샤르의 시 구절을 환기하면, 그는 그
믿음을 살아갈수록, 그 믿음에 대해서 더 많이 이해할수록,
더 많이 아팠다. "명료함"이 "비애"와 상응하기도 했다. 그래

서 시는 진실로, 인간에게 전달되었다. 시인의 고향에 지천이
었던 한 알의 올리브 열매처럼.

> 시인은 당부한다. "몸을 기울이시오, 더욱더 몸을 기울이시
> 오." 그는 자신의 페이지로부터 언제나 무사히 빠져나오지
> 는 못하니, 하지만 그는 마치 궁핍한 자처럼 올리브 열매의
> 영원함을 이용할 줄 안다네. (OC:167)

먼 훗날 그는 더 이상 시를 쓰지 않았다. 그가 당부했
듯이 그래서 예견했듯이, 몸을 기울여 쓴 자신의 시로부터
무사히 빠져나오지 못했던 걸까? 사람들이 그 이유를 물었
다. 그는 시를 쓰면 몸이 아팠고, 그것을 더 이상 견딜 수 없
을 만큼 쇠약해졌다고 대답했다. 그럼에도 그는 "진실을 살
아가려고" 했고, 그것이 노쇠한 시인이 여전히 지닌 매력이
었다.

> 시가 어디에서나 최상이 아님을 인정해야 한다. (OC:207)

5. 저항군, 진실 살기

독일은 오스트리아를 점령하면서 그 세력을 확장했다. 1939년 9월 1일 히틀러의 독일은 폴란드까지 침공했다. 9월 3일, 영국과 프랑스는 독일에 맞서 전쟁을 선포했다. 샤르의 시들 중에 날짜를 이탤릭체로 강조해서 표기한 것이 있다.

꾀꼬리(Le loriot)

1939년 9월 3일

꾀꼬리는 여명의 수도로 찾아들었다.
그 노래의 칼이 슬픈 침대를 닫았다.
모든 것이 영원히 종말을 알렸다. (OC:137)

서양에서는 꾀꼬리 소리는 오래전부터 '기쁨'과 '결혼'을 상징했다(Chevalier, 1992:580). 하지만 1939년 9월 3일의 시에서 그 새는 달랐다. 노래가 칼이 되었다. 혼례의 침대는 슬펐다. 그리고 무수한 칼들이 침대를 에워쌌다. 전쟁이 시작되었지만 여러 문예지와 신문들이 계속 간행되었다. 하지만 샤르의 시는 지면에서 더 이상 찾아보기 어려웠다. 우리나라에서도 유럽에서 시작된 전쟁 소식이 들려왔다. 프랑스 시인 샤르의 슬픔, 종말의 예감도 전해졌을까. 전해졌을 것이다.

1939년 9월 1일 독일군은 폴란드를 침공했다. 2차대전의 시
작이었다. 윤동주는 그해 9월부터 아무것도 쓰지 않는다.
그의 절필이 2차대전과 그 무슨 관련이 있는지 우리는 알
길이 없다. (신형철, 2008:502)

그해 서른세 살이었던 샤르는 포병으로 전쟁에 참전
했다. 샤르의 전집에는 수록되지 않은 시가 한 편 있다. 포병
기간에 급히 적은 시였다. 샤르는 군복 주머니에 넣고 다녔
던 그 제목 없는 시를 먼 훗날 폴 벤느에게 선물한다.

> 새벽 2시 30분, 자정과 같이 비가 내리고,
> 사람들, 차가운 덤불들은 그들을 에워싼 진흙 속에서
> 지친 눈빛으로 초롱의 발자취를 쫓아간다.
> 창유리의 초롱은 잊어버린 달, 불꽃. (Veyne, 1990:139)

샤르의 글 속에서 시간의 어느 한 시점과 정확한 날짜
들이 등장하기 시작했다. 초현실주의 시절에는 보이지 않던
경우였다. 1939년 9월 3일의 꾀꼬리의 노래가 칼을 품었듯이,
주머니의 시에서 새벽 2시 30분의 사람들은 차가운 덤불이
되었다. 그 차가운 것의 눈빛은 초롱의 발자취를 바라보는

것이 아니라 발걸음이 되어서 쫓아갔다. 『극한의 경험』을 쓴
유발 하라리(Yuval Harari)에 따르면 전쟁의 경험은 눈이 아니
라 몸 전체로 목격하는 것이었다.

몸으로 목격한 사람들은 절대 자기가 알고 있는 내용을 다
른 사람에게 분명하게 전달하지 못한다. 자기가 목격한 것
을 확실하게 설명하지 못하고, 듣는 사람도 확실하게 이해
하지 못하는 것이다. (하라리, 2017:39)

전쟁은 사람들을 몸으로 목격하게 만들었다. 몸으로
목격한 것은 다른 사람들에게 전달하거나 설명하는 것이 불
가능했다. 이런 경우는 종교적인 경험에도 나타났다. 루터교
목사인 요한 아른트(Johann Arndt, 1555~1621)는 하느님과의
신비한 조우를 경험했다. 그는 그 '신비한 조우'에 대해서 이
렇게 기록할 수밖에 없었다.

경험하지 않는 사람 외에는 아무도 이해하지 못한다. 인간
이 이것을 느끼고 경험할 수는 있지만, 표현할 수는 없다.
(하라리, 2017:43에서 재인용)

하지만 시인은 전쟁이나 종교적 신비체험이 아니더라도 말로 표현할 수 없는 것들이 바로 이 세계 자체라는 것을 알고 있었다. 우리는 언어의 한계를 자주 잊는다. 어떻게 '나'의 생각을 혹은 '나'에게 남아 있는 진실을 '타인'에게 말로 전달할 수 있을까. 그래서 시인은 진실을 말하지 않았다.

> 시에서, 변한다는 것은 화해시키는 일이다. 시인은 진실을 말하지 않고, 진실을 살아간다. 진실을 살아가면서 시인은 거짓말쟁이로 변한다. 뮤즈 여신들의 역설, 그것은 시의 정확함. (OC:760)

샤르의 시에 대한 숙고는 단언적 언술 형태로 되어 있다. 하지만 그 확고한 단언의 방식이 전하고자 하는 의미는 쉽게 해석되지 않는다. 그러니까 전하고자 하는 의미는, 데리다식으로 말하면, '미규정적'이고 의미의 '비축'으로 남는다(데리다·페라리스, 2022:59). 달리 말하면, 시인이 전하고자 하는 바에 독자가 개입할 여지 혹은 의무가 생긴다. 각각의 독자를 참조해 볼 필요가 있다. 가령 이진성은 위의 글에 대해 이렇게 해석한다. "시의 진실은 순간적인 섬광이나 폭발과 같은 것이다. 그것은 상반되는 것이 융합할 때 조성되는

시적 진실이며, 아름다움이며, 지향해야 하는 윤리이지만 삶
과 현실의 진실은 아니다. 시인은 그것을 알고 있지만 말하
지 않는다."(이진성, 2008:242) 이 진실을 어찌할까. 과연 시적
진실은 삶과 현실의 진실로 이르지 못하는가. 시적 진실이
삶과 현실을 소환하지 않는다면, 그러한 것으로 우리는 무엇
을 물을 수 있을까. 시인은 정말 진실을 알고 있는데도 그것
을 말하지 않는 걸까. 알고 있는 것을 말하지 않는 것이 아니
라 말할 수 없는 것을 말하지 않는 것이 진실인가. 이런 식으
로 진실은 말할 수 없는 것이 되는가?

> 도대체 말해질 수 있는 것은 명료하게 말해질 수 있다. 그리
> 고 말할 수 없는 것에 관해서 우리들은 침묵해야 한다. (비
> 트겐슈타인, 2006)

샤르의 짧은 혹은 압축된 글쓰기에서 좀 더 흥미로운
것은 시인이 "거짓말쟁이"가 된다는 점이다. 샤르가 말하는
바를 올곧게 따르면, 시인은 진실을 말하지 않는다. 그러니까
침묵하는 것을 넘어서 "거짓말쟁이로 변한다". 하이데거가
언급한 바와 같이 본질적인 언어가 스스로 속물이 되는 것과
같은 경우일까.

본질적인 언어는, 이해되고 만인의 공동 재산이 되기 위
해서는 스스로 속물이 되지 않으면 안 된다. (하이데거,
1980:47)

하지만 '거짓말쟁이'와 '속물'은 다르다. 시를 쓰는 행
위가 꼭 "만인"에게 이해받고자 하는 열망으로부터 비롯되지
는 않는다. 왜 시인은 거짓말쟁이로 변할까? 그 변함에는 시
인이 살아가는 진실이 차라리 이해되지 않았으면 좋겠다는
역설의 욕망이 교차되고 있는 것이 아닌가. 시인은 진실을
찾아내어 그것을 말하기만 하면 된다는 편안한 목표로 퇴행
하지 않는다.

시인은 진실을 말하지 않고, 진실을 살아간다. (OC:760)

근본적인 것은 진실이 아니라 변하는 상황이다. 샤르
에게 있어서 진실은 진실이 되는 과정보다 중요하지 않다.
다른 한편으로 샤르에게 '살아간다'는 것은 단순한 지속의 행
위가 아니다. 그것은 매 순간을 위해 매 순간으로 태어나는
것. 샤르가 순간으로 빛나는 번개의 역설을 우리에게 전하는
까닭이다.

번개는 나에게서 지속되니. (OC:378)

살아가는 진실은 한순간도 쉬지 않고 변하는 상태에 있다. 그러니까 "시의 정확함"은 진실이 아니라 진실이 변하는 것을 목격하면서 발생한다.

진실을 살아가면서 시인은 거짓말쟁이로 변한다. 뮤즈 여신들의 역설, 그것은 시의 정확함. (OC:760)

말은 그렇게 진실을 살아가면서, 현재에서 소진되지 않고, 우리에게 도착한다.

우리의 말들은 우리에게 다다르기까지 오래 걸립니다. (OC:344)

전통적으로 가장 권위 있는 프랑스어 사전이 있다면 아마도 리트레(Littré) 사전일 것이다. 샤르의 시에는 그 사전에서 "Iris"라는 항목을 거의 그대로 옮겨 놓은 것이 있다. 이 옮김은, 이 '레디메이드'(ready-made)는 뜻깊다. 시인은 사전을 통해서 단어의 의미가 규정되는 것이 아니라, 그 반대로

규정의 불가능성을 보여 주고 있기 때문이다. 그러니까 바르
트식대로 말하자면, 단어는 "충만한 작은 연속체"의 과정이
된다.

건현 위에(Sur le franc-bord)

I. 이리스.

1° 그리스 신화 속에서 제신들의 전령사였던 여신의 이름.
여신이 자신의 목에 걸쳐진 천을 펼칠 때마다, 무지개가 떠
오른다.

2° 여성의 일반적 이름. 시인들이 자신의 연인을 위해, 혹은
사랑하게 된 부인의 원래 이름을 말하지 않기 위해 사용하
였다.

3° 작은 혹성 .

II. 이리스.

공작나비속. 몸빛이 변하는 번개오색나비라 불리는 특유한
나비의 이름. 저승사자에 앞서 나타나는 나비라고도 함.

III. 이리스.

푸른 눈, 검은 눈, 초록빛의 눈, 푸른, 검은, 초록빛의 홍

채(虹彩).

IV. 이리스.

붓꽃. 강변의 황색 붓꽃.

[…]

수많은 이리스, 에로스의 이리스, **레트라 아모로자**의 이리
스. (OC:346)

샤르는 더 이상 젊지 않았다. 나이도 그렇지만, 그가
표현했듯이 '모든 것이 종말을 알리는' 전쟁을 겪고 있었다.
독일의 시인 라이너 마리아 릴케(Rainer Maria Rilke)는 『말테
의 수기』에서 이렇게 썼다.

시는 사람들이 흔히 생각하는 것처럼 감정이 아니다. 시가
만약 감정이라면, 어린 나이에 이미 넘칠 만큼 많이 지니고
있을 터이니까. 시는 사실 경험이다. (릴케, 2014:22)

릴케를 따르면 시는 경험에서 비롯된다. 하지만 시는
그렇지 않기도 하다. 그렇게 시는 신비의 영역을 지닌다. 샤

르의 레지스탕스 경험이 가장 사실적으로 깃들어 있다는 시집의 제목이 왜 『분노와 신비』(*Fureur et mystère*)일까. 그는 체험과 체험 너머에서 일종의 균형을 지키려고 했다. 그 균형 속에서 '극한의 경험'이 발화되었다.

> 우리는 살짝 벌어진 틈, 정확하게 어둠과 빛의 신비로운 분할선 위에서만 살아갈 수 있다. (OC:411)

'체험'과 '비체험' 같은 것으로 설명될 수 없는 것들이 있다. 시인은 전쟁 중에 혹은 삶 중에 "살짝 벌어진 틈"을 보았다. '어둠'이라 할 수도 없고 '빛'이라 할 수도 없는 것이었다. 그것이 삶을 살게 해주었다. "살짝 벌어진 틈"은, 서정주라면, "이제는 돌아와 거울 앞에 선 내 누님" 같은 정도가 될까. 그는 전쟁 동안 '급하게' 썼고, 그가 쓴 것들은 전쟁 이후에 발표되었다. 적과의 대치 상황 속에서는 '급하게' 쓸 수 있는 시간조차 귀했다. 하지만 글을 쓸 수 있는 그 짧은 시간이 그를 번번이 구원했다. 그는 "삶이 가장 명확해지는 순간"들을 기록했다.

옛적에 사람들은 지속하는 시간의 여러 조각들을 위해 이름

들을 건네주었으니. 이것은 하루, 저것은 한 달, 이 텅 빈 교
회는 일 년. 하지만 죽음이 가장 격렬해지고, 삶이 가장 명
확해지는 순간으로 다가서는 여기, 우리. (OC:197)

어떤 체험은 "죽음이 가장 격렬해"질 때, "삶이 가장
명확해"진다는 것을 알려 준다. 참다운 실존이 변전을 전제
로 하듯, 삶은 죽음을 전제로 한다는 것. 일테면 전쟁에서 마
주치게 되는 '극한의 체험' 같은 것이다. "여기, 우리"는 죽음
과 삶이 겹쳐지는, 하지만 그 직전의 "살짝 벌어진 틈"으로
현존한다. 이는 이성적으로 결국 헤아릴 수 없는 체험이기도
하다. 그래서 시인은 시간의 체계와 단위들을 나열하면서 그
것들의 헛됨 또한 전한다. "이것은 하루, 저것은 한 달, 이 텅
빈 교회는 일 년." 그리고 "여기, 우리"의 실존적 시간은 선형
적인 지속을 시간의 본질로 여기는 일반적 견해를 덧없이 만
든다. 시간은 결국 규정되지도, 일반화되지도 않는다. 시인이
체험한 것은 이 "텅 빈 교회" 같은 나열된 시간을 으깨고, "아
몬드 씨"가 겹으로 지닌 잠재적 시간으로 가닿는다. 그것은
체험의 미지이다.

가장 곧은 시간은 아몬드 씨가 그 완고한 단단함에서 솟구

처 나와 너의 고독을 바꾸어 놓을 때이다. (OC:221)

「히프노스의 단장」(Feuillets d'Hypnose)은 평자들에 의해서 대개 '레지스탕스의 시적 기록'이라고도 불렸다. 프랑스 시사(詩史) 속에서 체계화시키다 보니 범박하게 요약된 듯했다. 차라리 거꾸로 '시적 기록의 레지스탕스'라고 하면 어떨까. 조금 더 설명하면 이렇다. "237개의 번호가 각각 매겨진 「히프노스의 단장」은 성찰적인, 경구적인, 일화적인, 회상적인, 시 같은, 편지의 발췌문 같은 다양한 글쓰기로 이루어져 있다. 이곳에 샤르의 역사의식이 드러나고 있다면, 그것은 개인의 역사 속에 시간의 궤적을 담아내려는 시도이다. 그러나 이러한 시도는 객관적인 현실을 글쓰기 안에 끌어들이겠다는 리얼리즘적 의지와는 다르다. 샤르는 다만 실존적 정직성을 글쓰기의 질료로 삼고 그것을 투명하게 진술하고자 하는 것이다. 그 투명성은 바로 체험의 깊이와 넓이에 근거한다."(이찬규, 2006:178)

덧붙이면, 체험의 "깊이와 넓이"는 체험으로부터 필요한 거리를 마련할 때 생겨난다. 이런 점에서 샤르가 전쟁 중에 쓴 「히프노스의 단장」을 전쟁이 끝나고 나서 시간적 거리를 두고 발표했다는 점은 시사적이다. 그 거리는 글쓰기 속에 "분노"와 "신비"를 공존시킨다. 「히프노스의 단장」이 포함되어 있는 기념비적인 시집 『분노와 신비』는 전쟁의 경험이 깃들어 있는 또 다른 작품들과 함께 종전 4년 후인 1948년에 마침내 출간된다.

> 거리를 지우는 것은 죽게 하는 것이다. 신들은 단지 우리 사이에 있음으로써 죽는다. (OC:767)

샤르는 전쟁이 끝나고 나서 이 단장(短章)들이 '레지스탕스의 시적 기록'이라고 불리는 것을 마뜩하지 않게 여겼다. 시인 자신은 「히프노스의 단장」을 두고 "미친 산과 환상적인 우정의 세월에 대한 수첩"이라고 명명했다. 이 '수첩'에는 언뜻 시라고 명명하기 어려운 일화적 글쓰기가 또한 등장한다. 아래의 일화는 독자에게 "가장 곧은 시간"에 대한 성찰을 요청하는 단장과 곧장 연결되어 있다.

> 닷새 밤 동안 계속된 경계로 기진맥진한 프랑수아, 나에게 말한다. "제 군도(軍刀)를 기꺼이 커피 한잔과 맞바꿀 수 있을 거예요!" 프랑수아는 스무 살이다. (OC:197)

서구 문학에서 '전쟁과 커피'는 다뤄 볼 만한 주제이
다. 이를테면, 인스턴트 커피도 전쟁 중의 병사들을 위해 개
발된 커피 방식이다. 샤르의 글에서 그 한잔의 커피는 자신
의 목숨을 지켜 주는 무기보다 삶에 더 필요한 것으로 서술
된다. 커피를 "기꺼이" 군도와 맞바꾸겠다는 스무 살 청년 프
랑수아의 적(敵)은 독일군이다. 당시 독일 육군이었던 기 사
예르(Guy Sajer, 1927~2022)도 후일 커피에 대해 이렇게 썼다.

> 베르됭 전투나 스탈린그라드 전투에 관한 글을 읽은 후 커
> 피를 마시며 친구들에게 이론을 풀어놓는 사람은 아무것도
> 이해하지 못한 사람이다. (하라리, 2017:40에서 재인용)

샤르는 자신의 시집 속에서 프랑수아의 말을 그냥 오
롯이 옮겼다. 그렇게밖에 할 수 없는 것이다. 어떤 아름다운
시적 비유가 그 말을 대신했더라도, 그것은 "이론을 풀어놓
는" 것과 다를 바가 없었을 것이다. "아무것도 이해하지 못
하는" 방식. 시인에 대한 샤르의 생각을 다시 소환하자면, 시
인은 진실을 말하기에 앞서 "진실을 살아"갔다. 그러니까 독
일군과 비행기 교전 중에 전사한 생텍쥐페리(Saint-Exupéry,
1900~1944)의 글이 있다. 그 글은 달리 표현할 수 없던 샤르의

일화를 얼마간 헤아리게 해준다.

누군가 우리에게 자신을 이해시키고 싶다면 쉬운 말로 이야기해야 한다. 이처럼 나에게 삶의 기쁨이란 그 향기롭고 뜨거운 음료의 첫 한 모금 속에, 우유와 커피 그리고 밀이 뒤범벅된 혼합물 속에 압축되어 있다. (생텍쥐페리, 2009:29)

시에서 체험은 과거의 영역에만 머무르지 않는다. 그런 점에서 릴케처럼 "시는 체험"이라고 말할 수 있을 것이다. 샤르의 생각대로 시가 곧 삶이라면, 시에서 "체험된 것은 체험되어야 할 것에 참여하게 될 것"(Collot, 1989:56)이기 때문이다. 시는 과거 속에서도 어떤 일들이 멈추지 않고 계속 일어나고 있다는 것을 일러 준다. 과거가 "머나먼 미지"가 되고, 미래뿐만 아니라 과거 또한 "상상의 증여물"이 되는 까닭이다(OC:513). 그러니까 시에서 체험이라는 "증거"는 고정된 지난 과거가 아니다. 그런 과거는 오래전에 "미래의 예포"로 부서진다.

시인은 증거들의 붕괴 때마다 미래의 예포로 대답한다. (OC:167)

II.

시
와
장
소

2부 「시와 장소」는 다음의 글들을 종합해 수정·보완하고 확장했다.

1. 「기원의 편재: 르네 샤르와 라 소르그」, 『한국프랑스학논집』, 2013.
2. 「장소의 시적 기억: 르네 샤르와 프로방스」, 『프랑스어문교육』, 2012.
3. 「쥘 쉬페르비엘과 르네 샤르: 장소의 생태적 경험에 대한 비교 연구」,
   『프랑스문화예술연구』, 2011.
4. 「르네 샤르에서 이육사로: 저항의 포-에티크」, 『비교문화연구』, 2014.

1. 기원의 편재: 시의 강, 강의 시

프로방스 지방의 릴쉬르라소르그에서 태어난 샤르에게, 고향의 강 '라 소르그'(La Sorgue)는 의미가 크다. 고향의 강은 그의 시 세계를 형성하는 근원적 실제들 중 하나이기 때문이다. 이는 샤르의 주요 연구가들이 강과 물의 의미들에 대한 언급을 지속적으로 이어 가고 있다는 점에서도 나타난다. 장 피에르 리샤르를 따르자면, 강은 샤르 시 세계의 "원칙"이라고도 할 수 있는 "반(反)고정성"을 대표하고, "투명하고 유동적인 시간의 가장 적합한 이미지"로 파악된다(Richard, 1964:74~75). 장 클로드 마티유는 샤르의 표현을 빌려서 강은 "이행(移行)의 영원한 권리"를 일깨우며 그것은 샤르의 작품 세계 전체를 관류하는 시적 모티프가 된다고 본다. 즉 시인의 초현실주의 시기의 작품(『주인 없는 망치』)에서 볼 수 있는 "기묘하고 방사(放射)하는 강"에서부터 후기 시에서 인간의 구체적 삶으로 연결되는 "분출하는 강"까지 다양한 물의 현존을 보여 주는 "대(大)수로망"이 샤르의 시 세계라고 전한다(Mathieu, 1985:281). 마티유의 언급에 좀 더 설명을 덧붙이자면, 쉼 없이 어디론가 옮겨 가는 것, 혹은 또 다른 것으로 변환되는 것과 같은 탈-경계의 방식들이 강의 심상 속에서 끊임없이 발현된다(이찬규, 2007:75). 시인의 부인이었던 마리 클로드 샤르의 심미적 언급도 시사적이다. 즉, 부동(不

動)의 것들조차 라 소르그 속에서는 다시 흔들리고 다시 자라나며 다시 노래로 울리기 시작하는 것을 샤르의 독자는 느낄 수가 있다는 것이다(Char, 2007:VIII).

　몇몇 주요 연구가들의 언급을 짚어 본 바와 같이 라 소르그강은 샤르의 시 세계에서 간과할 수 없는 존재이다. 하지만 강이 "반고정성" 혹은 시간의 심상이라는 리샤르의 지적은 샤르뿐만 아니라 다른 시인들에게도 끌어 쓸 수 있는 지적일 것이다. 마티유도 "이행의 영원한 권리"라는 샤르의 특정한 표현을 빌리고 있지만 그것 또한 흐르는 강의 일반적 속성일 것이다. 때문에 작품을 세심하게 들여다보는 것이 필요해진다. 즉, 무엇이 강에 함의되어 있는 샤르적인 시간의 심상인가? 강이 끊임없이 변환하는 것이라면 그 변환은 샤르의 시에서 어떤 방식으로 발현되고 의미를 구축하는가? 그러니까 이런 질문들에 다가가기 위해서 "라 소르그"라는 제목의 시를 전체적으로 살펴볼 필요가 있다. 제목이 시인의 고향에 위치해 있는 강을 지칭하고 있을 뿐만 아니라 텍스트 전체가 샤르적인 강의 의미를 다층적으로 보여 주고 있기 때문이다.

라 소르그

― 이본을 위한 노래

단숨에, 길벗도 없이, 너무 일찍 떠나 버린 강이여,
내 고장의 아이들에게 네 열정의 모습을 건네어라. (1)

번개가 끝나고 나의 집이 시작되는 강이여,
내 이성의 조약돌을 망각의 흐름으로 굴려 보내니. (2)

강이여, 너에게서 대지는 떨며 태양은 불안하다.
저마다 가난한 자들은 밤을 보내며 네가 거둔 것으로 빵을
만드니. (3)

자주 처벌된 강, 버려둔 강. (4)

굳은살 지닌 도제(徒弟)들의 강,
네 고랑들의 정점에서 누그러지지 않는 것은 바람이 아니
려니. (5)

빈 영혼, 낡은 옷가지 그리고 의혹의 강,
감겨 오는 오랜 불행, 어린 느릅나무, 연민의 강이여. (6)

별난 이들, 신열을 앓는 이들, 백정들의 강

거짓말쟁이와 어울리기 위해 쟁기를 저버리는 태양의 강이

여. (7)

자신보다 훌륭한 이들의 강, 피어나는 안개의 강,

덮개 주위로 번민을 풀어 주는 램프의 강이여. (8)

꿈을 잊지 않는 강이여, 철이 녹스는 강이여

그곳에서 별들은 바다에서 물리쳤던 어둠을 지니게 되리니.

(9)

전해 받은 힘과 물속으로 잦아드는 외침의 강

포도나무를 깨물어 새 포도주를 고하는 폭풍의 강이여.

(10)

감옥으로 미친 이 세계에서 결코 무너지지 않을 마음으로의

강이여,

우리를 세차게 지켜 주고 지평선 꿀벌들의 벗이 되리니.

(11) (OC:274)

조르주 무냉은 1947년 『당신은 르네 샤르를 읽었습니까?』라는 제목의 비평서를 갈리마르 출판사에서 출간한다. 무냉은 그 책에서 샤르가 프랑스의 가장 중요한 시인으로 영원히 남게 될 것이라고 공언한다. 당시에 샤르의 나이는 겨우 마흔 살이었고 인용시 「라 소르그」가 들어 있는 대표 시집 『분노와 신비』도 출간되기 전이었다. 하지만 무냉은 그 전에 『예술 수첩』이라는 문예지에 「라 소르그」와 함께 게재되었던 시들을 읽고 샤르를 언급하기 시작한다. 즉 샤르의 시에는 통상적인 은유나 언어의 사용이 보이지 않는데, 이러한 점이 결국 샤르의 특별한 개성이 된다는 것이다(Mounin, 1947:51). 그러니까 독자는 「라 소르그」에서 "그렇게나 자주 현존하는 이 강의 언제나 예기치 못한 사용들"을 만나게 된다고 무냉은 전언한다. 하지만 『당신은 르네 샤르를 읽었습니까?』에는 정작 「라 소르그」의 독서에 따르는 구체적 해석이 부재한다. 달리 말하자면, 우리는 그 "예기치 못한 사용들"이 어떤 것인지 알고 싶어지는 것이다.

우선 시의 부제는 「라 소르그」가 이본이라는 여성에게 헌정되었음을 알려 준다. 하지만 시인은 그 여성에 대해 말을 아낀다. 때문에 이본은 최초의 여성 이브를 환기시키고, 이는 물이라는 여성적 심상과 교감한다는 주장도 더러 등장

한다(Combes, 1980:96). 아무튼지 시인이 사망할 무렵에 응했
던 대담 내용에 따르면 이본은 실재했던 여성이었다. "이본
은 나에게 하나의 영감이었다. 그녀는 창작 활동이 어려웠던
시절에도 내가 시를 쓰고 시집을 낼 수 있게 용기를 주곤 했
다."(Lancaster, 1994:90) 샤르의 진술과 같이 이본이 영감을 주
는 구체적 여성이었다면,「라 소르그」를 그녀에게 헌정한 것
은 우연이 아닐 것이다. 라 소르그는 시인에게 있어서 또 다
른 영감의 주체이기 때문이다. 게다가 이본에 대한 일화는
샤르의 시를 어떻게 읽어야 하는지에 대한 하나의 시사점을
제공한다. 요컨대 "통상적인 은유"에서 벗어나 있는 샤르적
인 표현들을 현실적 맥락과 별개의 것으로 읽어서는 안 된다
는 점이다. 시인의 말년에 가장 오랫동안 함께 지냈던 친구
장 페나르도 "샤르는 본 대로 묘사한다"(Pénard, 1984:454)라
고 진술한다. "라 소르그"도 "이본"도 샤르가 그렇게 보았던
것들이고, 게다가 "겪었던"* 대상이었을 것이다. 하지만 독자
는 시에서 빈번하게 등장하는 고유 명사와 지명에 대한 사전
정보가 없더라도 시를 읽는 데는 무리가 없을 것이다. 그의

---

*　　"겪다"라는 표현은 다음과 같은 카뮈의 문장에서 빌렸다. "경험은 창
　　조할 수 없다. 단지 겪는 것이다."

시가 '개인적 준거'로 머물지 않기 때문이다.

　시 「라 소르그」는 강(Rivière)이라는 단어로 시작된다. 그 단어는 11개에 달하는 구절마다 예외 없이 나타난다. 구절들은 각각의 행간을 통해 끊어졌다가 다시 호명된 강을 통해서 이어진다. 따라서 강이라는 단어는 시 속에서 "주술적인 효과"를 지니게 된다는 미셸 비에뉴의 지적은 얼마간 일리가 있다(Viegnes, 1994:72). 그런데 호명되는 강은 애초에 "너무 일찍 떠나 버린 강"이다. 라 소르그는 떠남의 완료 형태로 시작된다. 때문에 인간을 포함한 그 어떤 것도 더 이상 강의 출발에 개입하거나 그 떠남을 조정할 수 없다. 바로 이 절대적 출발의 방식이 시인에게 "열정의 모습"으로 환유된다.

　샤르는 그러한 강의 열정이 아이들에게 건네지기를 소망한다. 우리에게 익숙한 자연의 의인화(擬人化)가 아니라 인간의 '의자연화'에 대한 소망이 새삼 발견되는 지점이다. 강의 열정으로 희구된 아이들은 일단 시인의 고향 아이들일 것("내 고장의 아이들")이지만, 출발의 의미소에 내포되어 있는 '시작'이라는 요소는 '아이'라는 시원적 존재성을 상기시킨다.

　그런데 첫 번째 구절은 "너무 일찍 떠나 버린 강"이 어

디에서 시작된 것인지 알려 주지 않는다. 시 전체를 통해서
도 시원에 관한 정보는 발견되지 않는다. 왜냐하면 라 소르
그는 각각의 흐르는 순간들이 시원으로 되는 방식을 취하고
있기 때문이다. 11개의 각 구절이 여백들을 사이에 두고 "강"
이라는 단어로 매번 시작되는 형식 또한 "주술적인 효과"를
넘어서 이러한 현존의 방식과 무관하지 않다.

　　강은 유전(流轉)하기에, 헤라클레이토스가 언급했듯
이, 같은 강에 두 번 몸을 담글 수는 없을 것이다. 샤르에게
있어서 시원의 장소 또한 고정된 것이 아니라 매번 새롭게
시작되는 유전의 존재가 된다. 여기에서 샤르의 시 「최초의
순간들」(Les premièrs instants)을 환기해 보는 것은 유의미하
다. 왜냐하면 시인은 자신의 고향을 가로질러 흘러가는 라
소르그강에서 언제나 매번 태어나는 원천의 시간, 즉 "최초
의 순간들"을 발견하기 때문이다. 그 순간들을 통해 '라 소르
그'뿐만 아니라 시인 또한 결코 마지막에 이르지 않는 "승리"
를 경험하게 된다.

　　열림으로 받아들여지고, 보이지 않을 때까지 벼려져서, 우
　　리는 결코 마지막에 이르지 않는 하나의 승리가 되었다.
　　(OC:275)

　　그러니까 시인의 승리는 마지막에 이르지 않는 것이다. 따라서 그 승리는 라 소르그의 기원처럼 측정할 수 없는 것이 된다. 기원의 편재성이라는 측면에서 시 「라 소르그」를 마무리하는 마지막 단어가 "지평선"이라는 점은 의미가 깊다. 시는 끝나지만, 라 소르그강은 마지막 단어를 통해 끝없는 지평 영역으로 개방되기 때문이다. 요컨대 라 소르그강이 선취하고 있는, 출발하는 것들의 "열정"은 그 마지막을 알지 못하는 지평으로 이어진다. 지평 영역은 샤르가 가장 선호하는 시간인 새벽의 순간이 그러하듯이 연속적으로 또 다른 시작의 지점들을 공간화한다. 게다가 텍스트의 각 구절마다 주도적으로 등장하는 마지막 음소(音素)인 '-on'은 일종의 청각적 징검다리 역할을 하면서 "열정"(passion)에서 "지평"(horizon)으로 미끄러지는 의미적 관계성을 한층 더 돈독하게 한다.

　　　단숨에, 길벗도 없이, 너무 일찍 떠나 버린 강이여,
　　　내 고장의 아이들에게 네 열정의 모습을 건네어라. (1)

　　　감옥으로 미친 이 세계에서 결코 무너지지 않을 마음으로의
　　　강이여,

우리를 세차게 지켜 주고 지평선 꿀벌들의 벗이 되리니.
(11)

시의 첫 구절과 마지막 구절의 대비는 샤르의 강이 어떤 것으로 정의하기 어려운 다의성을 지니고 있음을 환기시킨다. 가령 위의 두 구절로부터 발견할 수 있는 개별화된 의미소들의 대비는 그러한 점을 좀 더 뚜렷하게 표명한다. 일테면,

A) 확장과 집합
(1) 너무 일찍 떠나 버린 강이여
(11) 결코 무너지지 않을 마음으로의 강이여

B) 수여와 보존
(1) 건네어라
(11) 지켜 주고

C) 단독과 연대
(1) 길벗도 없이 / 나의(내)
(11) 꿀벌들의 벗 / 우리를

D) 밖과 안

(ⅰ) 모습

(ⅱ) 마음

게다가 시의 마지막 단어인 "지평선"에 함의된 양가성, 즉 보이는 것과 보이지 않는 것의 동시성은 샤르의 강이 계속해서 미-결정의 영역으로 머물게 됨을 보여 준다.

이처럼 「라 소르그」는 각각의 구절들을 통해 번번이 독자의 시선과 사유를 재배치한다. 예컨대 샤르의 강에는 안과 밖, 매크로-코스모스와 마이크로-코스모스, 밝음과 어둠, 응축과 확장, 의인화와 의자연화 등이 공존하기에 그 유전(流轉)의 장소는 곧 호환(互換)의 장소가 된다. 다음의 두 번째와 아홉 번째 구절에도 이런 공존과 호환의 방식이 펼쳐진다.

번개가 끝나고 나의 집이 시작되는 강이여,
내 이성의 조약돌을 망각의 흐름으로 굴려 보내니. (2)

꿈을 잊지 않는 강이여, 철이 녹스는 강이여
그곳에서 별들은 바다에서 물리쳤던 어둠을 지니게 되리니.
(9)

이진성은 20세기 프랑스 현대시를 총괄적으로 개진
하고 있는 『프랑스 현대시』에서 「라 소르그」의 두 번째 구절
에 대해서 다음과 같이 설명한다. "둘째 구절은 시인의 집이
있는 위치를 가리키면서 학습으로 얻어진 '이성'을 강물에 띄
워 흘려보낸다고 말한다. 강물에서 끝나는 번개는 하늘에서
떨어진 번개가 강물에 떨어져 끝난다는 것을 의미하며, 동시
에 신화적 상징으로서 제우스의 번개를 상기시킨다. 후자의
경우 번개는 이성을 압도하는 정신의 힘을 함축한다."(이진
성, 2008:235)

이러한 설명은 먼저 시 속에서 재현된 강이 무엇보다
시인의 실제 고향과 경험에 결부되어 있음을 확인시켜 준다.
샤르의 친구이자 비평가인 피에르 게르는 마을에서 조금 떨
어진 시인의 집에 이르기 위해서는 라 소르그강을 먼저 건너
가야 한다는 사실을 알려 준다(Guerre, 1971:9~10). 또한 "번개
가 끝나고 나의 집이 시작되는 강이여"라는 시의 구절이 "하
늘에서 떨어진 번개가 강물에 떨어져 끝난다는 것을 의미"한
다는 이진성의 설명은 샤르의 시가 구체적인 것들에 기반을
두고 있음을 새삼 환기시킨다. 그런데 이 구절에서 "번개"와
"나의 집"은 또한 끝과 시작의 찰나적 연속선상에서 구체적
인 것들의 뜻밖의 공존을 강의 이미지에 투영한다. 이는 애

초에 무냉이 언급했던 "그렇게나 자주 현존하는 이 강의 언제나 예기치 못한 사용들"에 해당할 것이다. 요컨대 샤르의 강은 안(집)과 밖(번개)이, 소멸과 생성이 거의 동시적으로 시작되고 호환하는 장소로 전유된다.

'번개가 끝나는 강이여'라는 표현이 하늘에서 생긴 번개가 강에 이르러 끝나는 구체적 현상을 묘사하고 있다는 이진성의 설명은 충분히 타당성이 있다. 그런데 여기서 단어 "번개"와 "나의 집"에 걸쳐 있는 관계적 의미들에 주목해 볼 수밖에 없는 것은 「라 소르그」가 시라는 사실 때문이다. 로트만(Juri Lotman, 1922~1993)이 지적했듯이 단어 간의 관계적 의미는 시가 세계와 새롭게 소통할 수 있는 "뜻밖의 여지"를 부여하기 때문이다. 이런 점에서 로트만의 다음과 같은 고전적인 발언은 여전히 유효하다.

> 예술 작품이 아닌 텍스트에서는 단위들의 의미 구조가 관계들의 특성을 결정하는 반면, 예술적인 텍스트에서는 관계들의 특성이 단위들의 의미 구조를 결정한다. (Lotman, 1973:295)

이진성은 두 번째 구절에 등장하는 번개가 "신화적 상

징으로서 제우스의 번개를 상기시킨다"고 보고 있다. 그리고 그 번개는 "이성을 압도하는 정신의 힘을 함축"하고 있다는 논지로 이어진다. 그렇다면 번개에 함축된 채 이성을 압도하는 정신의 힘은 무엇일까. 「라 소르그」의 두 번째 구절을 다시 읽어 본다면, 그것은 "제우스의 번개"라기보다 "이성"과 대구되고 있는 "망각"(oubli)이라는 정신의 힘일 것이다.

> 번개가 끝나고 나의 집이 시작되는 강이여,
> 내 이성의 조약돌을 망각의 흐름으로 굴려 보내니. (2)

샤르의 강은 "망각"을 "이성"만큼 혹은 그 이상으로 현존화시킨다. 앞에서 짚어 보았듯이 라 소르그가 매순간 기원의 장소를 새롭게 생성하며 흐르는 강이라면, 그 이전의 기원은 또 다른 기원을 위해서 먼저 소멸하거나 망각되어야 하기 때문이다. 아홉 번째 구절에서 샤르의 강이 기억과 스러짐을 통해 빛과 어둠을 동시에 받아들이는 연유도 그와 같은 호환적 맥락일 것이다. 요컨대 라 소르그는 별빛을 위해서, 이를테면 "햇빛처럼 다른 빛을 지우지 않고도 빛으로 남아 있는"(김선오, 2020:33) 별을 위해서 어둠이 있어야 한다는 사실을 우리에게 전한다.

꿈을 잊지 않는 강이여, 철이 녹스는 강이여
그곳에서 별들은 바다에서 물리쳤던 어둠을 지니게 되리니.
(9)

리샤르의 지적을 상기하자면, 강은 샤르의 시 세계를
관류하는 "반(反)고정성"을 대표한다. 따라서 라 소르그는 시
의 마지막 구절에서 "감옥"으로 환유되는 닫힌 공간을 부정
하고 그것을 극복하는 모습으로 나타난다.

감옥으로 미친 이 세계에서 결코 무너지지 않을 마음으로의
강이여,
우리를 세차게 지켜 주고 지평선 꿀벌들의 벗이 되리니.
(11)

강과 대비되는 "감옥"은 우리에게 먼저 닫힌 공간을
떠올리게 한다. 그런데 감옥은 공간뿐만 아니라 단절된 어떤
상황을 제시하기도 할 것이다. 이 부분에서 시의 마지막 행
에 사용된 인칭 대명사 "우리"는 매우 상징적이다. 시의 첫
구절과 두 번째 구절에서 보였던 단독자적 소유의 방식("나
의 고장", "나의 이성")이 사라지고 공동의 인칭 대명사가 등

장한 것이다. 시의 첫 구절과 마지막 구절 사이에는 어떤 과정이 있었던 것일까.

　"나"라는 단독성(solitaire)이 연대(solidarité)의 의미를 함의하고 있는 "우리"로 갑작스럽게 혹은 우연하게 변환되지는 않았을 것이다. 라 소르그는 11개의 단락들을 통해 여러 종류의 인간들과 함께한다. 이를테면 "아이들", "가난한 자들", "굳은살 지닌 도제들", "별난 이들", "신열을 앓는 이들", "백정들" 같은 경우이다. 이들은 삶의 일반적인 가치 기준으로 산정할 때 불완전한 존재이거나 사회에서 승리하지 못한 존재다. 하지만 라 소르그에서는 그들이 '우리'를 이룩한다. 마치 어둠 속에는 아름다움을 위한 자리가 하나만 있지 않듯이.

　　우리의 어둠 속에는 아름다움을 위한 자리가 하나만 있는
　　것이 아닙니다. 모든 자리가 아름다움을 위한 것입니다.
　　(OC:232)

　라 소르그는 "감옥"이 비록 닫힌 공간일지라도 그곳의 단절된 상황을 변환시킬 수 있는 "공동의 현존"이 된다. 시인은 아마도 현대 문명에서 "감옥으로 미친 이 세계"를 본 듯하다. 그리고 그 세계와 맞설 수 있는 또 다른 '우리'를 라

소르그에서 발견한다. 시인의 고향과 가까운 알비옹 언덕에
핵미사일 발사기지가 설치될 때, 샤르가 거의 작심하고 쓴
듯한 「경멸스러운 출현」(Les apparitions dédaignées)이라는 글
이 있다. 냉전의 시대였고, 프랑스 사회와 여론은 핵을 보유
함으로써 독일로부터 당했던 강점의 치욕을 다시는 겪지 않
겠다는 결의에 동의했다. 레지스탕스였던 샤르는 그 결의의
마음에는 동의했으나 미사일 기지 설치에는 반대했다. 이는
애국자를 떠나, 인간이 인간으로서 살고자 하는 저항이었다.

> 문명은 지방 덩어리다. 역사는 좌초하고, 신으로 실패한 신
> 은 우리의 의심스러운 장벽을 더 이상 뛰어넘지 못하고, 인
> 간은 인간의 귀에 대고 소리를 지르며, 시간은 길을 잃고,
> 원자 핵분열은 진행된다. 또 무엇을? [⋯]

> 자유는 그것을 원하고, 그것을 꿈꾸는 것 멈추지 않았던, 범
> 죄에 맞서 그것을 획득한 자의 가슴 속에 있으니. (OC:466)

라 소르그의 공동(共同)은 "경멸스러운 출현"에 맞서
유전하고, 호환하며 "결코 무너지지 않을" 마음을 지닌 강으
로 거듭난다. 그리고 거듭난 라 소르그 앞에는 또 다른 출발

과 그 출발이 새로운 기원이 되는 "지평"이 소명처럼 재배치
된다. 이런 측면에서 마지막 구절에 나타나는 "꿀벌들"을 단
순하게 프로방스 지방의 자연을 환기시키는 친연적 요소로
간주하기는 어렵다. "꿀벌들"은 동서양을 막론하고 연대성
및 공동체적 노동을 상징하는 대표적인 동물로서 "우리"라는
인칭 대명사의 내재적 의미를 돋우기 때문이다.

　　　첫 번째 구절에서 강은 "길벗도 없이" 홀로 출발한다.
그런데 "나의 이성"이 강의 유전을 통해 소실되면서, 강은 타
자들과의 동반이라는 새로운 유전의 경험을 하게 된다. 이는
주체가 "망각의 흐름"을 통해 탈-중심화 되는 경험이기도 하
다. 주체의 탈-중심화는 관계로의 지향을 적극적으로 허가하
는 상태이다. 그리고 마침내 세 번째 구절부터 '강-시인'과 함
께하는 동반자가 등장한다. 그 동반자는 '빵을 만드는 가난한
자'들이다. 뒤따라오는 네 번째 구절에서 가난한 자들을 동반
한 강은 온전하게 의인화된다.

　　　자주 처벌된 강, 버려둔 강. (4)

　　　'처벌'과 '버림'의 대상으로서 의인화된 강은 '빵을 만
드는 가난한 자'들의 불우한 처지를 상징적으로 대변한다. 한

편으로 이는 샤르의 대표 희곡『물의 태양』에서 공장주(工場主)와 위정자들로부터 핍박받는 릴쉬르라소르그의 가난한 주민들을 떠올리게 한다. 하지만 그들은 라 소르그에서 송어 잡이를 하며 다시 살아갈 힘을 되찾는다.『물의 태양』의 주요 인물인 프랑시스의 짧은 대화 한 토막은 그러한 라 소르그의 역할을 잘 보여 준다.

> 카티네르 어르신, 우리에게 있어서 강은 얼마간 신앙인들을 위한 하늘과 같다고 할 수 있을 겁니다. 하지만 그 하늘은 미래의 삶에 대한 약속이 아니라 일용할 빵과 안정을 건네 주는 것이지요. (OC:951)

따라서 라 소르그는 미셸 마페졸리(Michel Maffesoli)가 말한 '근접성'의 장소, 즉 신화적 가치를 넘어 일상의 가치들을 통해 "관계를 만드는 장소"로 재현된다. 이어지는 「라 소르그」의 구절들은 샤르의 가장 중요한 작품 세계가 "유년의 잃어버린 낙원"(Viegnes, 1994:10)에 대한 추구라는 미셸 비에뉴의 주장이 얼마간 수정되어야 함을 일깨워 준다. 샤르는, 이진성의 주장대로 "자신의 주변에서 쉽사리 관찰할 수 있는 어렵고 힘들고 보잘것없는 현실을 직시"(이진성, 2008:237)하기 때문에 고향의 강도 예찬의 대상이라기보단 차라리 고통을 나누는 주체로 현전하기 때문이다. 다섯 번째 구절에 등장하는 "굳은살 지닌 도제들"이라는 표현은 "굳은살"과 "도제"의 의미소에 내장되어 있는 고통의 지난한 이력을 전언한다. 요컨대 의인화된 라 소르그는 자신의 동반자들과 세월을 함께 나눈다. 바로 그 다음 구절에 등장하는 "낡은 옷가지", "감겨 오는 오랜 불행"은 그런 이력과 세월을 환유한다.

> 빈 영혼, 낡은 옷가지 그리고 의혹의 강,
> 감겨 오는 오랜 불행, 어린 느릅나무, 연민의 강이여. (6)

이제 라 소르그에 대한 리샤르의 언급을 다시 한번 상기할 필요가 있다. 그러니까 강은 영원히 흘러가는 존재이기에 "투명하고 유동적인 시간의 가장 적합한 이미지"로 파악된다는 것. 하지만 샤르의 시, 「라 소르그」는 강에 깃들어 있는 좀 더 다른 시간의 심상을 우리에게 보여 준다. 즉 샤르의 강은 단순하게 흐르기 때문에 시간을 환유하는 것이 아니라 타자와 세월을 함께하기 때문에 현존한다. 라 소르그는 "별난 이들", "신열을 앓는 이들", "백정들"뿐만 아니라 심지어 "거짓말쟁이"와 어울리기 위해 자신이 소유한 것까지 '방기'

하는 강이기 때문이다.

별난 이들, 신열을 앓는 이들, 백정들의 강
거짓말쟁이와 어울리기 위해 쟁기를 저버리는 태양의 강이
여. (7)

「라 소르그」의 구절들은 매번 강을 호명하면서 이어
진다. 호명하는 주체는 시인일 것이나, 그 시인은 이제 강과
함께 삶을 영위하는 수많은 사람들로 변환된다. 호명 속에
깃든 "주술적인 효과"는 미셸 비에뉴가 언급한 바와 같이 호
명의 단순한 반복을 통해서만 생겨나지는 않을 것이다. 호명
의 반복이 아니라 하나의 호명 속에 숱한 사람들의 목소리가
일제히 들려올 때 누군가의 부름은 좀 더 주술적인 것이 된
다. 그리고 라 소르그는 마침내 "연민의 강"으로 호명된다.

감겨 오는 오랜 불행, 어린 느릅나무, 연민의 강이여.

첫 번째 구절에서 "열정(passion)의 모습"으로 홀로 떠
난 라 소르그는 이제 "연민"(compassion)의 모습으로 순치되
어 "가난한 자들", "신열을 앓는 이들", 그리고 "어린 느릅나

무"에 이르기까지 불완전한 존재들과 함께 떠난다. 열정(파시옹, passion)은 연민(콩파시옹, compassion)으로, 연민은 지평(오리종, horizon)으로, 그 새로운 기원이 시작되는 지평으로 그렇게 또 다시 샤르의 강은 유전한다.

샤르의 「라 소르그」는 언어의 절제된 사용을 통해서 의미의 관계적 울림들을 만들어 내는 것이 시(詩)임을 새삼 깨닫게 해준다. 언어적 절제미 속에서 강을 호명하던 시인은 강이 되고, 호명받은 강은 다시 시인이 된다. 따라서 의인화된 라 소르그는 인간과 인간이 소유한 것들까지 자연을 닮아 가는 의자연화의 상호적 경로까지 보여 준다. 인간에게 집이란 유전(流轉)의 반대편에 위치한 정주하는 곳이어야 할 것이다. 하지만 강으로부터 시작된 시인의 집("번개가 끝나고 나의 집이 시작되는 강이여")은 강을 닮아 유전한다. 이러한 유전의 존재론적 의식은 시적 장소로 거듭난다.

시 안에서, 우리는 떠나는 장소에서만 거주할 수 있으며, […] (OC:733)

라 소르그가 영원한 유전을 통해 선취하고 있는 탈-

중심화의 경험은 개인적 소유의 방식을 해체한다. "내"가 "우리"가 되는 연대감의 경로는 강이 "아이", "가난한 자", "신열을 앓는 이들", "빈 영혼" 등과 세월을 함께하는 방식으로 투영된다. 강은 불완전한 혹은 미결정된 존재들과의 공존을 통해 관계가 삶의 근원적인 조건이 되는 장소로 거듭남을 보여준다. 그것은 또한 샤르에게 있어서 시가 존재하는 이유이기도 하다.

> 시는 언제나 누군가와 혼례하고 있으니. (OC:159)

샤르의 유전하는 강은 지속성보다는 순간적인 것을 형상화한다. 라 소르그가 매번 태어나는 "최초의 순간들"로 환유되는 까닭은 그 유전이 시시각각 변환의 열망을 내장하고 있기 때문이다. 그래서 샤르의 강은 '망망하고' '신선하다'. 가령, 라 소르그는 "포도나무를 깨물어 새 포도주를 고하는 폭풍의 강"의 방식으로 유전한다. 때문에 그 유전은 단순한 흐름의 중첩으로만 설명할 수 없다. 이성도 필요하지만 망각도 필요한 것, 위무와 탄생도 필요하지만 상처와 죽음도 필요한 것, 의인화된 강은 매번 자신의 현존을 의혹("의혹의 강")하며 새롭게 시작되는 기원의 방식을 취한다. 흐름이 관

습이 되는 것이 아니라, 관습을 해체하는 흐름이 되는 것, 이
는 삶을 향한 시인의 시적 윤리이기도 하다.

> 삶은 폭발로 시작되어서 타협으로 끝날 것인가? 당치않다.
> (OC:209)

어쩌면 시 「라 소르그」는 수월하게 읽히지 않는다. 수
월성이 익숙함과 연루되는 것이라면, 흐름의 순간마다 기원
의 방식으로 명멸하는 샤르의 강은 '익숙하게' 소진되지 않는
다. 제대로 된 시는 읽는 사람의 내면에 불편함이든 공감이
든 평상시와 다른 감정의 파장을 만들어 낸다. 그런 점에서
「라 소르그」를 살펴보는 일은 무엇보다 의미가 있다. 하지만
그 감정의 파장이 깊고 넓은 만큼, 「라 소르그」에 관련된 기
존의 해석과 설명들에 대해서 '과연 그럴까'라는 의문을 갖게
된다. 게다가 시 「라 소르그」가 여전히 감정의 파장을 일으키
는 또 다른 이유가 있다면 '과연 그럴까'라는 의문이 지금 이
글에도 적용되기 때문이다. 샤르의 시를 읽고 있으면, 어떤
시들은 "많은 대가를 치르고 나서" 얻은 미소 같다는 생각이
든다. 또 다른 시인 보뱅이 무슨 말인지 알겠냐고 되물었던
그 미소.

나는 페이지마다 하늘의 푸르름이 스며든 책만을 좋아합니다. 죽음의 어두움을 이미 경험한 푸름 말이에요. 나의 문장이 미소 짓고 있다면, 바로 이러한 어둠에서 나왔기 때문입니다. 나는 나를 한없이 끌어당기는 우울에서 벗어나려고 발버둥치며 살아왔습니다. 많은 대가를 치르고 나서야 이 미소를 얻었어요. 당신의 주머니에서 떨어진 금화와 같은 이 하늘의 푸르름을 나는 글을 쓰며 당신에게 돌려드리고 있답니다. 이 장엄한 푸름이 절망의 끝을 알려 주며 당신의 눈시울을 붉게 만들 거예요. 무슨 말인지 아시겠어요?

(보뱅, 2022:21)

시에서 지속적으로 생성되는 의미적 유전과 변환들을 어떤 논리나 개념으로 결국 환원시킬 수는 없다. 「라 소르그」는 그러한 근본적 애매성으로 작동되면서 독자에게 "열정"(passion)의 대상이 되기도, "지평"(horizon)의 대상이 되기도 할 것이다.

2. 프로방스: 장소와 위험

우리는 살아가는 동안 잊을 수 없는 혹은 잊고 싶어도 잊히지 않는 장소를 하나쯤은 갖게 된다. 가령, 박인환의 시를 박인희가 불러 유명해진 노래 「세월이 가면」의 "지금 그 사람 이름은 잊었지만 / 그 눈동자 입술은 / 내 가슴에 있네 / […] / 사랑은 가도 옛날은 남는 것 / 여름날의 호숫가 가을의 공원" 같은 장소를 우리는 각자의 생을 감내하다 어딘가쯤에서 맞닥뜨린다. 그 어떤 물질적인 보상이 "여름날의 호숫가 가을의 공원"을 대신할 수 있을까. 샤르는 아니라고 한다. 이런 장소의 애착에 있어서 — 앞으로 좀 더 풀어 나가겠지만 — 그는 낭만적이고 투사적이다.

그 장소는 일단 개별적인 시간과 얽혀 있으면서도 그러한 개별성을 넘어서 보편적인 전망으로까지 넓어지기 때문에 의미가 더 깊어진다. 1966년 샤르는 프로방스 지역의 알비옹 언덕에 핵미사일 기지가 설치되는 것에 맞서 싸웠다. 알비옹에는 새해부터 눈이 많이 내렸다. 밤이 되면 여우들이 서로 우는 소리가 들렸다. 샤르는 「알비옹의 폐허」(Ruine d'Albion)라는 시를 썼다. 그리고 제목 아래에 날짜를 적어 두었다.

알비옹의 폐허

1966년 2월 24일

알비옹의 고결한 지표면에 구멍을 뚫는 사람들은 이것을 반
드시 헤아려야 한다. 우리는 싸우는 것이다. 내리는 눈이 겨
울날의 여우가 되고 또한 봄날의 오리나무가 되는 한 **장소**
를 위해서. 그곳의 태양은 우리의 세찬 피의 위로 떠오르고,
인간은 동포의 집에서 결코 수형인이 되지 않는다. 우리에
게 있어, 이 **장소**는 우리들의 빵보다 더 가치가 있다. 그것은
바꿀 수 없기 때문이다. (OC:456)

　앞 장에서 이야기했지만, 샤르에게 '빵'은 절대적 필
요성의 상징이다. 그런데 시인은 한 장소가 빵보다 더 가치
가 있다고 전한다. 장소는 자연을 향한 인간의 무한한 책임
감과 맞닿아 있기 때문이다. 이것이 샤르의 시에 등장하는
프로방스의 몇몇 구체적 장소들에 대해서 살펴보려는 까닭
이다. 좀 더 이야기하자면, 장소성이라는 것은 선험적인 것이
아니라 인간적 의미가 개입되면서 구축된다. 이 구축성에 샤
르의 레지스탕스 경험이 투영된다. 그 경험에는 '돌'과 '산'이
라는 자연이 등장한다.
　시인이자 비평가인 몰푸아는 샤르의 『분노와 신비』에

온전하게 할애한 비평집을 냈다. 그는 샤르의 시가 프로방스
의 지형적 특색과 함께하는 "듣기, 읽어 내기, 대화하기"에서
비롯된다고 보았다(Maulpoix, 1996:74). 이러한 지적은 시들
의 제목뿐만 아니라 본문 속에서 쉼 없이 등장하는 프로방스
의 지명으로도 가늠해 볼 수 있다. 가령, "르 토르"(Le Thor),
"라 소르그"(La Sorgue), "포르칼키에"(Forcalquier), "칼라
봉"(Calavon) 등과 같은 지명들이 『분노와 신비』에 빈번하다.
구체적 지명들에 대한 시인의 남다른 애착은 샤르의 작품 전
체를 관류한다. 프로방스의 지명이 아닌 경우는 샤르가 레지
스탕스 활동 때문에 잠시 머물렀던 알자스 지방 정도일 것이
라고 한 평자는 밝힌다(Créach, 2005:28~29). 이런 점 때문에
그를 "장소의 시인"으로 불러 볼 수 있다. 장소는 공간과 구
별된다. 공간이 추상적이고 일반적이라면, 장소는 구체적이
고 개별적이다(Dupouy, 1995:133). 하지만 그렇다고 해서 샤르
를 지역 시인으로 한정 지을 수는 없는 것. 샤르의 장소는 한
편으로 그의 고향에 구체적으로 기반하고 있지만, 또 다른
한편으로 그 고향은 보다 더 근원적인 시원의 장소로 가닿
기 때문이다. 그러니까 고향은 사물들이 밤의 어둠처럼 미지
의 존재로 있는 곳, "새로운 사랑"이 사물로부터 일어나는 장
소이기도 하다. 샤르는 「스테인드 글라스 아래에서」(Sous la

verrière)라는 대화체 시에서 화가의 목소리를 빌려 그 사랑
을 이렇게 전한다.

> 화가: 제가 사물들 사이로 끼어든다면, 이는 정말 그들의 특
> 성을 빈약하게 하거나 과장하려는 것이 아닙니다. 저는 다
> 만 그들의 밤의 어둠, 그들의 최초의 알몸으로 거슬러 오릅
> 니다. [⋯] 중요한 것은, 그때까지 냉담했던 존재들과 사물
> 들로부터 새로운 사랑을 세우는 일입니다. (OC:675)

샤르가 제2차 세계대전 동안 프로방스 지역을 중심으
로 참가했던 레지스탕스 경험은 특별한 장소성을 형성하는
데 중요한 역할을 한다. 「고통, 포성, 침묵」(Affres, détonations,
silence)은 그러한 측면에서 의미가 깊다.

고통, 포성, 침묵

칼라봉 물방앗간. 두 해 지나면서, 매미의 농가, 명매기의
성(城). 이곳의 모든 것은 급류의 말을 하고 있었다. 어떤 때
는 웃음으로, 어떤 때는 청춘의 주먹질로. 오늘, 결빙과, 고
독과 열기로 대개는 죽은, 돌덩어리들 사이에서 지난날의
저항인은 쇠잔해져 간다. 제 순서에 맞춰, 징조들은 꽃들의

침묵 속에서 옅은 잠에 들어 있었다.

로제 베르나르: 괴물들의 지평이 그의 땅에서 너무 가까웠다.
산에서 찾지 말아라. 아니, 그곳에서 몇 킬로 떨어진 곳, 오
페데트 골짜기에서, 당신은 아이의 얼굴에서 번개를 만날
테니, 그리로 가라, 오, 그리로 가라 그리고 웃어 주어라, 그
번개는 허기질 것이니, 우정에 허기질 것이니. (OC:257)

샤르가 1938년에서 1947년 사이에 쓴 작품들은 대부분
『분노와 신비』에 들어 있다. 「고통, 포성, 침묵」도 그중 하나
다. 샤르의 레지스탕스 경험이 전체적으로 드리워져 있는 이
시에서 구체적 장소와 인물을 지칭하는 고유 명사는 마치 '기
념비'와 같은 환기적 힘으로 작동된다. 시의 첫머리가 되는
"칼라봉 물방앗간"이 그 경우다. 칼라봉(Calavon)은 프로방스
지역의 지도에서 확인되지만, 그것은 샤르의 고향을 떠올리
는 "물방앗간"과 연결됨으로써 개별적 장소가 된다. 이런 점
에서 『최초의 물레방아』(*Moulin premier*, 1936)은 시사적이다.
샤르가 초현실주의 운동을 멀리하고 고향의 자연을 재발견
하는 귀향 서정이 처음으로 발현되고 있는 시집이기 때문이
다. 본느푸아가 지적했듯이, 고향의 구체적인 장소나 자연에
대한 환기는 초현실주의가 표방하는 글쓰기와 배치(背馳)된

다(Bonnefoy, 1990:83). 『최초의 물레방아』에 등장하는 다음과 같은 자연에 대한 비유는 그의 글쓰기가 어떤 방식의 길을 가게 될 것인지를 헤아리게 해준다.

> 강의 팔 끝에는 강으로 흐르는 그 모든 것들을 적어 가는 모래의 손이 있다네. (OC:77)

샤르의 시에는 무냉이 언급하고 있듯이 당대의 시인들이 선호했던 현대적·산업적·도시적 배경들이 초기 시부터 부재한다(Mounin, 1947:21~22). 대신 그의 시는 고향의 자연적 대상들을 재분만한다. "칼라봉 물방앗간"의 장소성은 프로방스를 떠올리게 하는 또 다른 장소들인 "매미의 농가"와 "명매기들의 성"으로 이어진다. 명매기와 매미는 프로방스 지역의 대표적 동물이다 ─ 프로방스에서는 지금도 매미 모양의 전통 사기 접시가 시장에서 판매되고 있다.

그런데 매미와 명매기가 인간이 거주하는 장소(농가/성)와 직접적으로 연계되면서 인간과 자연의 필연적 공존이라는 장소의 특성이 표명된다. 좀 더 나가자면, 농가와 성이라는 인간의 거주지는 그 계급적 차이를 막론하고 자연에 소유되어 있다. "매미의 농가, 명매기의 성(城). 이곳의 모든 것은 급류의 말을 하고 있었다." 게다가 도시가 아닌 시골에서 여름을 경험해 본 적이 있다면, 날개를 지닌 이 동물들이 지닌 삶의 방식을 헤아려 볼 수 있다. 매미는 나무들 사이에서 그 모습이 잘 보이지 않는다. 하지만 매미의 세찬 울음 소리는 그 삶의 짧음, 그리고 짧음의 강렬함을 과시한다. "보여 줄 수 있는 것이 울음뿐"(복효근)인지도 모른다.

제비와 유사하게 생긴 명매기도 비슷하다. 이제는 제비마저도 점점 사라져 보기 힘들게 되었지만, 명매기는 습성상 사람의 눈에 잘 뜨이지 않는 높은 창공 속에서 날카로운 소리를 내며 엄청난 속도로 날아가는 새이다. 이러한 보이지 않는 소리는 마치 "급류의 말"처럼, 레지스탕스의 영혼처럼 시인의 고향을 쉼 없이 떠돈다. 그러니까 그것들은 자연이다. 블랑쇼가 정의하고자 하는 '작품'도 그렇게 자연화되어 있다. 작품은 "가장 가까이 있으면서도 감추어지고, 알려지지 않은 채 존재한다"(블랑쇼, 2010:335). 샤르는 「명매기」(Le martinet)라는 제목의 시에서 그러한 보이지 않는 현존을 제시한다.

가장 어두운 구멍이 녀석의 쉼터. 아무도 그보다 더 비좁은 데 있지 못하지.
긴 빛의 여름, 한밤중의 덧문으로, 어둠 속으로 녀석은 질주

할 것이니.

그 녀석을 쫓아갈 눈은 없다네. 외치니, 그것만이 녀석의 현
존. 날렵한 소총이 그를 잡을까. 심장이란 그런 것. (OC:276)

　　명매기 떼들이 날고 있는 창공은 프로방스의 자연 환
경을 환기시키는 것을 넘어 또 다른 상징성을 내포한다. 시
인은 보이지 않는 명매기의 현존을 "심장"으로 비유한다. 심
장의 보이지 않는 박동은 영원히 계승되는 삶 자체이다. 인
간이 만들어 낸 "소총" 같은 것으로 어쩌지 못하는 삶의 보이
지 않는 계승이다. 샤르는 자신의 고향에서 삶의 절대적 순
간으로 거슬러 올라간다. 그러니까 그의 이른 귀향은 자신의
출생지에 도착하는 것으로 다하지는 않는다.

　　「고통, 포성, 침묵」에서 또 다른 자연인 "급류"도 어렵
지 않게 레지스탕스의 주요 활동 지역이었던 프로방스의 산
악 지대를 떠올리게 한다. 샤르의 시에서 물은 고정된 세계
와 안일한 한계들을 넘어서는 "열정"과 "변천"의 주체가 된
다. 일테면 시인의 고향에 흐르는 강을 노래한 「라 소르그」에
서 그러한 경우를 좀 더 드넓게 짚어 볼 수 있다.

단숨에, 길벗도 없이, 너무 일찍 떠나 버린 강이여,
내 고장의 아이들에게 네 열정의 모습을 건네어라. (1)

[…]

전해 받은 힘과 물속으로 잦아드는 외침의 강
포도나무를 깨물어 새 포도주를 고하는 폭풍의 강이여.
(10)

감옥으로 미친 이 세계에서 결코 무너지지 않을 마음으로의
강이여,
우리를 세차게 지켜 주고 지평선 꿀벌들의 벗이 되리니.
(11) (OC:274)

　「고통, 포성, 침묵」의 "급류"는 샤르가 「라 소르그」에
서 재현하고 있는 열정과 변전의 이미지를 의인화함으로써
물려받는다. "이곳의 모든 것은 급류의 말을 하고 있었다. 어
떤 때는 웃음으로, 어떤 때는 청춘의 주먹질로." 칼라봉의 물
방앗간은 급류를 통해서 인간이 자연의 힘을 온전하게 전해
받는 장소가 된다. 시인이 자신의 시가 지적 작용을 넘어 삶

과 분리되지 않는 "살아 있는 장소"가 되기를 원했듯이, 인용 시에 등장하는 장소들 또한 자연과의 접속을 통해 생명화 된다. 그리고 "매미", "명매기", "급류"와 같은 자연물들은 샤르가 프로방스에서 감내했던 레지스탕스의 시간과 점진적으로 중첩된다. 그 시간은 "고통, 포성, 침묵"이라는 제목이 애초에 함의하고 있듯이 "죽음이 가장 격렬해지고 삶이 가장 명확해지는 순간"에 대한 실존적 경험이기도 하다.

> 옛적에 사람들은 지속하는 시간의 여러 조각들을 위해 이름들을 건네주었으니. 이것은 하루, 저것은 한 달, 이 텅 빈 교회는 일 년. 하지만 죽음이 가장 격렬해지고, 삶이 가장 명확해지는 순간으로 다가서는 여기, 우리. (OC:197)

시인에게 있어서 교회는 의미 없는 시간이 지속되는 텅 빈 장소("이 텅 빈 교회는 일 년")로 재현된다. 거기에는 우리의 직접적 삶과는 '먼' 이데올로기 혹은 종교적 관념에 대한 일종의 환멸이 깃들어 있다. 그에 반해 "칼라봉 물방앗간"은 앞에서 살펴보았듯이 "텅 빈 교회"에서 부재하는 생명력과 실존적 고투가 배가하는 장소가 된다. 그런데 시간이 지나 "오늘"에 이르렀을 때 "지난날의 저항인"은 그러한 고유한 장소에서 실존적 한계 상황을 경험하게 된다. "결빙", "고독", "잠", "쇠잔", "침묵"과 같은 의미 계열체는 죽음에 이르는 한계 상황을 다층적으로 끌어내고 있다. 여기에서 주목해야 할 것은 인간과 자연이 삶의 상황만큼 죽음의 상황에서도 운명 공동체로서 강력하게 연결되어 있다는 점이다. 이러한 지점에서 샤르의 자연 공간에 대한 인식은 시각적 차원으로 이루어지기보다 한층 더 빈번하게 시인의 몸 전체와 연결되면서 이루어진다는 무냉의 지적은 유의미하다(Mounin, 1947:27~28).

「고통, 포성, 침묵」에 등장하는 로제 베르나르는 나치에 의해 처형당했던 레지스탕스의 일원이자 프로방스 출신의 젊은 시인이다. "로제 베르나르: 괴물들의 지평이 그의 땅에서 너무 가까웠다." 때문에 시에 등장하는 "괴물들의 지평"이 나치를 상징하고 있음을 어렵지 않게 추측할 수 있다. 로제 베르나르의 죽음은 「히프노스의 단장」에서도 묘사된다. 이니셜로 처리된 "B"는 로제 베르나르이다. "끔찍한 날! 나는, 몇백 미터 떨어진 곳에서, B의 처형을 목격했다."(OC:208)

시의 제목 "고통, 포성, 침묵"이 세 개의 단락으로 되어 있는 시의 내용을 단계적으로 함축하고 있다면, "고통"이라는 단어는 나치의 점령과 장소 상실을, "포성"은 로제 베르

나르의 처형을 환유하는 것으로 볼 수 있다. 그렇다면 마지
막에 자리잡고 있는 "침묵"은 처형 뒤의 죽음을 우선 헤아리
게 한다. 바로 「고통, 포성, 침묵」의 세 번째 단락이다.

> 산에서 찾지 말아라. 아니, 그곳에서 몇 킬로 떨어진 곳, 오
> 페데트 골짜기에서, 당신은 아이의 얼굴에서 번개를 만날
> 테니, 그리로 가라, 오, 그리로 가라 그리고 웃어 주어라, 그
> 번개는 허기질 것이니, 우정에 허기질 것이니. (OC:257)

샤르가 산에서 찾지 말라고 한 것은 무엇일까? 바로
앞에서 언급된 "지난날의 저항인", 처형된 로제 베르나르일
것이다. 한편으로 시인은 "오페데트 골짜기"에서 "아이의 얼
굴에서 번개"와의 만남을 재촉한다. 그 재촉은 명령어들이
연이어 반복되는 강파른 리듬감으로 표현되었듯 급박하다.
'오페데트'라는 실제 지명은 로제 베르나르의 사건을 구체화
시킨다. 그리고 아이의 얼굴에서 만날 수 있는 번개는 앞에
서 인용한 「라 소르그」의 한 구절을 떠올리게 한다.

> 단숨에, 길벗도 없이, 너무 일찍 떠나 버린 강이여,
> 내 고장의 아이들에게 네 열정의 모습을 건네어라. (1)

　　아이의 얼굴에서 만나는 번개는 "매미의 농가"와 "명매기의 성"과 같이 인간과 자연과의 결합을 재현한다. 이는 "텅 빈 교회"와 같은 장소에서는 경험할 수 없다. 로제 베르나르에 대한 기억은 그러한 결합의 순간을 통해서 자연화되고 계승된다. 번개가 우정에 허기진다는 표현은 인간과 자연과의 타고난 결합을 다시 한번 드러낸다.

　　시의 마지막은 "허기"의 상태로 마무리된다. "오, 그리로 가라 그리고 웃어 주어라, 그 번개는 허기질 것이니, 우정에 허기질 것이니." "허기"라는 뜻에 내장된 두 개의 대립적 상황, 즉 죽음에 가까우면서도 또한 죽음을 거부하는 허기의 연속됨은 로제 베르나르의 죽음을 인정하지 않으려는 시인의 감정적 고투가 서려 있다. 그 고투는 말로 이루어지지 않는 기도이다. 아이는 왜 골짜기에서 나타나는가? 웃음은 왜 촉구되는가? 번개는 왜 허기지는가? 로제 베르나르는 그렇게 해서 자연과 함께, 아이와 함께 미래로 건너가는가? 그렇게 해서 베르나르(우리)는 "괴물들"로부터 벗어나는가?

　　로제 베르나르: 괴물들의 지평이 그의 땅에서 너무 가까웠다.

　　「고통, 포성, 침묵」에서 침묵은 베르나르의 죽음을 일컫는다고 하나(Dubosclard, 1987:75), 시인은 그 죽음을 발설하는 대신 번개가 "허기"지다고 한다. 그러니까 그 침묵은 죽음을 인정하지 않는 시인의 침묵이기도 하다. 기도는 침묵으로 이루어진다. 그리고 기도는 생명의 욕구인 '당신의 허기'로 이루어진다. 시에 등장하는 몇몇 구체적인 장소들은 이제 우리에게 "장소라고 다 장소가 아니라는"(정수복, 2010:10) 해묵은 표현을 새삼 헤아리게 해준다. 인간과 자연이 서로 살고 서로 죽음을 맞이하는 장소, 그래서 다시 재생의 순환적 시간이 펼쳐지는 그곳이 바로 시인의 구체적 장소이며 고향이다. 시는 "지난날의 저항인"을 과거에 남겨 두지 않는다.

샤르의 아내 마리클로드 샤르는 시인의 고향인 릴쉬르라소르그를 "프로방스의 베네치아"로 칭하면서, 물을 시인의 가장 중요한 시적 원천이 되는 자연으로 간주한다(Char, 2007:5). 그와 같이 샤르의 작품 세계에 등장하는 프로방스의 자연적 요소에서 많은 평자들이 한결같이 언급하는 것은 강과 물의 현존이다. 덧붙이면, 샤르의 시에서 바다의 이미지는 거의 찾아볼 수가 없다. 이러한 점도 그가 얼마나 고향의 자연에 밀착되어 있는지를 보여 주는 한 가지 예가 될 것이다.
그런데 그에 비해 그의 시에 등장하는 산맥과 광물적

요소들을 분석한 연구는 찾아보기 어렵다. 가령 프로방스의 화가로 알려진 세잔의 〈생빅투아르산 연작〉 그림들을 보게 되면, 돌과 석회암으로 이루어진 산악 지대가 프로방스의 중요한 지형적 특색임을 알 수 있다. 샤르가 그 어떤 자연도 아닌 고향의 자연에서 시적 모티프들을 얻었던 시인이라면, 이러한 자연의 특색은 흥미롭다.

시집 『상류로의 회귀』(*Retour amont*)에는 「수직의 마을」(Village vertical)이라는 제목의 시가 있다. "수직의 마을"이라는 표현은 그가 한때 활동했던 초현실주의의 몽환적 감성을 언뜻 불러일으키기도 한다. 하지만 몽미라이산맥(Mont-mirail)과 같은 드높은 지대로 둘러싸인 시인의 고향을 상기하자면, "수직의 마을"은 사실적 풍경으로 읽힐 수 있다. 시집 제목이 뜻하는 "상류(上流)로의 회귀" 또한 그러한 지형적 특색을 배가한다.

수직의 마을

사라짐으로
고귀해지는 늑대들처럼,
우리들은 두려움과 자유의
해(年)를 살핀다.

머나먼 몰이
눈 덮인 늑대들,
사라진 날에.

으르렁대는 미래 아래,
은밀히, 기다리지,
우리 가담하기 위해,
상류의 진동으로.

어떤 것들은 갑자기
도착한다는 것을 우린 알고 있지,
어둡게 혹은 너무나 아름답게 되어.

두 개의 천들을 묶은 투창
삶에 맞선 삶, 아우성과 산맥들,
번개처럼 솟았다. (OC:433~434)

샤르의 시에서는 동물들이 많이 등장한다. 「고통, 포
성, 침묵」에서 "매미"와 "명매기"가 등장했듯이, 시인은 「수

직의 마을」에서 "늑대"를 본다.* 그리고 마을의 "우리", 즉 거
주민들은 자연을 닮는다. 자연이 인간인 듯 표현하는 의인법
적인 방식이 아니라 인간이 자연을 닮아 가는 의자연법은 샤
르의 시 세계를 관류하는 매우 중요한 수사적 방식이다. 본
문에서도 "우리"가 기다리고 가담하고자 하는 것은 "상류의
진동"이다. 주위 생물, 자기가 사는 지역 그리고 더 나아가 자
연 전체로 자기의 확대를 도모하고 그것들과 자기를 동일하
게 여기는 것이 생태적 비전이라면, 이는 시인이 고향의 자
연적 요소들을 표현하고자 할 때 한층 더 강렬해진다. 일테
면 시인과 레지스탕스 동료들과의 우정은 프로방스 지방의

---

*　　프로방스의 자연에서 어렵지 않게 만날 수 있는 동물들이면서도 인간
　　의 삶에 유용하지 않기 때문에 여태껏 나머지("le reste") 혹은 미물("la
　　bagatelle")로 치부되는 것들에 대한 샤르의 남다른 애정은 그의 작품
　　곳곳에 포진되어 있다. 일테면 샤르는 발 없는 도마뱀, 두더지 같은 동
　　물들로부터 "악의 없는 오롯한 아름다움"을 발견한다. 시인은 유용성
　　을 논할 수 없는 아름다움에 홀리고, 그 아름다움들이 모여 하나의 코
　　스모스처럼 존재하는 장소에서 노래한다. "풀밭에 사는 겨레는 나를
　　매혹한다. 그들의 악의 없는 오롯한 아름다움, 나는 지치지도 않고 그
　　것들을 소리 내어 읊는다. 들쥐, 두더지는 꿈꾸는 풀 속에서 길을 잃은
　　아련한 아이들, 발 없는 도마뱀, 유리같이 매끄러운 자식, 귀뚜라미,
　　달각거리며 자신의 속옷을 매만지는 메뚜기, 취한 척 자신의 고요한
　　딸꾹질로 꽃들을 덧들이는 나비, 초록빛 들판에서 슬기로워진 개미들,
　　그리고 그 위로는 금세라도 별똥별과 제비들이. […] // 초원, 그대는
　　생명의 상자이다."(OC:217)

특색인 "바위산"으로 형상화된다. 다른 한편으로 「라 소르
그」에서 아이의 얼굴은 빠르게 흘러가는 라 소르그강을 닮아
가고, 「바람으로 머물기」에 등장하는 소녀는 "저녁 빛"을 닮
아 마을의 둔덕을 따라 소리 없이 사라진다. 그리고 그 소녀
에게 말을 건네는 것은 "모독"이라고 시인은 덧붙인다. 샤르
는 자연의 신비로움 앞에서 그것을 예찬하기보다는 자연에
귀를 기울이는 침묵의 방식을 제시한다. 만약 자연 앞에서
감동한 자가 있다면, 그를 내버려 둔다.

> 나의 고장에서는, 누구도 감동한 자에게 질문하지 않는다.
> (OC:305)

이와 같이 「수직의 마을」에서도 "사라짐으로 / 고귀해지는
늑대들"은 인간의 모델이 되는 의자연적 주체가 된다. 드러
내거나 제시함으로써 고귀해지는 것이 인간의 방식이라면,
사라짐으로써 고귀해지는 방식은 차라리 대자연의 법칙에
가깝다. 이는 시에서 표명된 "삶에 맞선 삶"처럼 사라짐은 또
다른 생명의 도래에 대한 약속이기 때문이다.

> 여기에는 진보가 있는 것이 아니라, 계속적인 태어남이

있다. (OC:586)

샤르에게 있어서 고향은 인간의 문명이 약속한 "진보"적 장소가 아니라 "계속적인 태어남"으로 현존하는 곳이다. 이는 한편으로 삶과 죽음이 순환함으로써 순간마다 새로워지는 자연에 대한 믿음에서 비롯된다. 「장소여!」(Place!)라는 제목의 시에서 시인은 새벽에 깨어나는 짐승들과 꽃들을 목격한다. 그것들은 시인에게 하나의 깨달음을 건네준다. 즉, 삶을 누릴 줄 아는 모든 것들은 죽음을 또한 인정할 줄 안다는 것. 그리고 그러한 자연의 순환을 인정할 줄 아는 존재들의 삶이 진정한 장소성을 만든다.

> 새벽에는 동물들의 요청, 꽃들의 비난들이 처음으로 들림이다. 지상에서 삶을 누리는 모든 것은 죽음을 인정할 줄 안다. (OC:535)

"수직의 마을"은 인간의 동화(同化)로 현존한다. 인간은 자연이 자신을 닮아 가는 것이 아니라 자신이 자연을 닮아 가는 것 속에서 존재한다. 샤르의 시는 인간이 세계의 척도라는 프로타고라스적 선언을 기각한다. 그러니까 이러한 동화의 능력은 근대의 인간주의적 합리성 속에서 부재했다.
그러니까 '자연 되기'는 우리에게 새로운 "자유"와 함께 새로
운 "두려움"도 경험하게 한다.

　　사라짐으로
　　고귀해지는 늑대들처럼,
　　우리들은 두려움과 자유의
　　해(年)를 살핀다.
　　[…]

　　으르렁대는 미래 아래,
　　은밀히, 기다리지,
　　우리 가담하기 위해,
　　상류의 진동으로. (OC:433~434)

　　그리고 이러한 동화(同化)의 거주지에서 시간은 확정
되지 않은 미지의 지평처럼 열린다. 자연은 최소한 "시간을
장악하고, 자르고, 조직하고, 조정 가능한 시퀀스들로 나누는
것"(김무경, 2007:55)을 모르기 때문이다. 시인은 기계적으로
확정된 시간의 지속이 장소를 비-장소로 만든다고 본다.

옛적에 사람들은 지속하는 시간의 여러 조각들을 위해 이름들을 건네주었으니. 이것은 하루, 저것은 한 달, 이 텅 빈 교회는 일 년. (OC:197)

그리고 인간은 자연의 시간을 닮아 가면서 '존재하기'의 강박으로부터 벗어나는 자유와 두려움을 느낀다. "사라짐으로 / 고귀해진 늑대들처럼, / 우리들은 두려움과 자유의 / 해(年)를 살핀다." 이러한 자연의 방식에는, 「수직의 마을」 4연에서 전언하고 있듯이, 미리 세워 놓은 기계적인 계획안이 개입하지 못한다. "어떤 것들은 갑자기 / 도착한다는 것을 우린 알고 있지, / 어둡게 혹은 너무나 아름답게 되어." 또한 샤르에게 있어서 이러한 자연의 방식은 시인이 지향하는 근원적 목표가 되기도 한다.

시인은 계산된 계획들을 거스르는 인간에 속한다. (OC:653)

시인은 일찍부터 인간의 완전함보다는 그 불완전함을 살폈다. 불완전함을 인정함으로써 인간은 자연으로 동화되는 능력을 가지게 된다. 랭보의 잘 알려진 시 구절, "오 계절들이여, 오 성(城)들이여, 흠 없는 영혼이 어디 있으랴"라는 발언이 그러한 경우일 것이다. 샤르 또한 인간이 가질 수 있는 불완전성을 차라리 서로가 서로에게 다가갈 수 있는 하나의 필연적 조건으로 본다. 삶에 있어서 관계가 필요해지는 것은 완전한 상태가 아니라 각자가 불완전한 상태임을 헤아릴 때이다.

> 흠 없는 인간은 크레바스 없는 산이다. 그는 흥미롭지 않다.
> 〈지하수맥 탐사가와 두려운 자의 규칙〉 (OC:183)

샤르의 고향은 '방투산'과 '뤼베롱산맥'이 둘러싸고 있다. 그곳은 바위산과 그 사이로 벌어진 크레바스로 위험하다. 사람들은 그곳을 오르면서, 실수로 추락할까 두려워진다. 샤르는 아마도 인간의 '흠'(défaut)에서 그런 크레바스를 떠올렸을 것이다. 그러니까 위험이 없는 산, 갈라진 틈이 없는 산은 시적이지 않다. 어떤 사람은 그 틈으로 두려움을 느끼고, 다른 어떤 사람들은 그 틈으로 자유를 느낀다. 산 위로 크레바스 위로 눈이라도 내려 덮이면, 산은 더욱 시적으로 된다.

사라짐으로
고귀해지는 늑대들처럼,

우리들은 두려움과 자유의
해(年)를 살핀다.

머나먼 몰이
눈 덮인 늑대들,
사라진 날에. (OC:433~434)

모리스 블랑쇼는 『문학의 공간』에서 '실수'(Erreur)에
대해서 말하면서 샤르의 시 구절 하나를 소개한다.

그럼에도 실수는 우리를 돕는다. 실수는 예감하는 기다림
이요, 또한 각성과도 같은 잠의 깊이, 망각, 성스러운 기억의
말 없는 공허이다. 시인은 비탄의 내밀성이다. 오직 그만이
부재의 공허한 시간을 깊이 있게 살고, 그에게서 실수는 방
황의 깊이가 되고, 밤은 또 다른 밤이 된다. 그런데 이것은
무엇을 의미하는가? 르네 샤르가 "위험이 너의 밝음이라면"
이라고 적을 때, [⋯] 왜 위험이 밝음일 수가 있는가? (블랑
쇼, 2010:362)

블랑쇼는 "위험이 너의 밝음이라면"의 의미가 무엇이

냐고 연이어 묻는다. 그는 독자에게 대답 없는 물음을 한다. 아마도, 이에 대한 대답은 샤르의 구절을 떠올리게 한 그의 앞선 글에 이미 있다.

그럼에도 실수는 우리를 돕는다.

블랑쇼가 인용한 그 구절, 샤르의 아포리즘을 온전하게 옮기면 이렇다.

가능한 한 네 자신의 밖으로 출현하라. 위험이 너의 밝음이니. 지난날의 웃음처럼. 온전한 온유 속에서. (OC:756)

과연 자기가 자기의 밖으로 출현할 때, 비로소 가장 원대한 자기를 창조해 내는 것일까. 샤르의 아포리즘은 그렇게 다양한 질문들을 분만해 낸다. 블랑쇼는 샤르의 문장을 그대로 의문문으로 바꾼다. "왜 위험이 밝음일 수가 있는가?" 블랑쇼의 이 질문은 너무 한 문장에 집중되어 있다. 왜냐하면 해석이 분분할 수 있겠으나, 좀 더 매혹적인 비유가 그 뒤에 따르고 있기 때문이다. "위험이 너의 밝음이니. 지난날의 웃음처럼." 이불 밖은 위험하다지만, "자신의 밖"은 "위험이

너의 밝음"이 되는 곳이다. 그러니까 "지난날의 웃음"도 "자
신의 밖"으로 터져 나오는 것이다. 그러한 타자성은 웃음의
"지난 날"을 궁금하게 만든다. 조금 더 나가자면, "자신의 밖"
은 "시의 중심"으로 들어가는 곳이다.

시의 중심에서 하나의 대립적 존재가 너를 기다린다. 그가
너의 주권자다. 당당히 그에게 맞서 싸우라. (OC:754)

장소는 관계를 통해 장소성을 가진다. 샤르의 또 다른
상상력은 "추상적이고 이론적이고 합리적인 관계가 아니라,
언어, 관습, 음식, 육체의 자세 등 뿌리내린 가치들의 공동소
유에, 유기적으로 근거한 관계"(김무경, 2007:19)로 구축된다.
게다가 샤르는 "유기적으로 근거한 관계"에는 그 무엇보다
"타자와의 관계와 융합이 더 이상 경계를 갖고 있지 않은" 자
연이 현전한다는 것을 알려 준다. 그러니까 그는 자신의 고
향을 "바위들로 이루어진 둥지"로 명명한다.

바위산이 르네의 입을 통해 말한다.

나는 신의 의지의 최초의 돌, 그 바위산이니,

그가 행한 놀이의 가난함이자 가장 덜 호전적인 존재.

무화과나무여, 나를 뚫어다오.

나의 모습은 도발이고, 나의 심연은 우정이니. (OC:297)

인용된 구절은 몇몇의 구체적인 인물들이 등장해서 서로 이야기를 주고받는 방식으로 전개되는 대화체 시, 「투명한 사람들」(Les transparents)의 일부분이다. 여기서 바위산은 '르네'라는 인물을 통해서 말을 하게 되는데, 그 이름이 시인의 이름과 같다. 르네(René)라는 이름 속에 함의되어 있는 '다시 태어남'(Renaissance)의 의미는 바위산과 시인의 동화를 한층 더 상징화한다. 샤르가 프로방스 지역의 상징이기도 한 바위산을 신이 창조한 가난한 작품이자 "가장 덜 호전적인" 존재라고 한 것은 아마도 그 단순한 모습 때문일 것이다. 샤르는 이 단순성을 자신의 또 다른 시적 윤리로 받아들인다.

오늘날 나는 단순화하고, 모든 것을 하나로 스며들게 하는 이 필요성을 깊이 느끼니, 어떤 일이 일어나야만 하거나 혹은 그렇지 않아야 하는 것을 결정할 순간에. (OC:212)

하지만 이 단순함은 자동화된 인식이 아니다. 그러니

까 그 단순함은 자기희생을 통한 관계의 열망으로 비롯된다. 바위산은 프로방스 지역의 대표적인 식물군인 무화과나무에게 자신을 깨고 들어오라고 한다. 이러한 자기희생적인 받아들임은 인간이 지배하고자 했던 자연이 도리어 우리에게 가르쳐 주는 삶의 방식이다. 그리고 시인은 서로를 놓지 않고 살아가는 생명의 풍경을 바위산에서 예감한다.

> 무화과나무여, 나를 뚫어다오.
> 나의 모습은 도발이고, 나의 심연은 우정이니. (OC:297)

샤르의 시는 결국 글쓰기가 현실의 반영이라기보다는 현실과의 고투에서 비롯된다는 점을 알린다. 전기적 사실도 한몫한다. 그는 제2차 세계대전 동안 '저항시'를 발표하는 대신 레지스탕스의 일원으로 전쟁에 직접 참가했다, 그런 체험이 없었다면, 『히프노스의 단장』에 이런 글이 적혀 있지 않았을 것이다.

> 두렵지 않아. 단지 현기증이 있을 뿐이야. 적과 나 사이의
> 거리를 줄여 나가야 해. 그와 수평으로 맞서야 해. (OC:186)

　　이탤릭체로 표기된 부사어 "수평으로"에 깃들어 있는, 살아 있는 자의 비극적 긴장감은 어떤 상상력의 어법으로도 표현해 내기 어려울 것이다. 샤르의 시 세계를 처음부터 끝까지 관류하는 저항정신은 '먼' 이데올로기들을 거부하고 삶과 현실의 차원들과 마주하는 구체적인 지점에서 생겨난다. 그가 초현실주의 운동을 떠나 다른 작가들과의 교류보다는 대장장이, 농사꾼, 어부들과 함께 생활하며 일생을 고향에서 보낸 이력도 '작은 일화들'(petites histoires)이 어우러지는 그의 시 세계와 겹쳐진다. 따라서 그의 시 세계에서 하나의 장소가 '장소성'을 갖게 되는 것도 시와 삶이 분리되지 않는 그러한 현실적 체험들이 나름대로 깃들어 있기 때문에 가능할 것이다.

　　시학자들이 샤르의 작품을 대개 난해하게 생각하는 반면에 샤르의 고향 사람들은 그의 시를 읽으며 번번이 맞장구를 쳤다는 일화는 시사적이다(Pénard, 1991:81~82). 그러니까 샤르의 시가 실재성을 상실한 '매트릭스'의 세계에서 생산된 것이 아니기 때문에 그들과 공감할 수 있었을 것이다. 이러한 문제 제기는 메를로퐁티(Maurice Merleau-Ponty, 1908~1961)의 다음과 같은 진술을 소환한다.

세계는 지식보다 우선하는 것이며, 지식이란 항상 이 세계
에 대한 언급이다. 모든 과학적 도식화는 이 세계와 관련
된 추상적인 기호언어라고 할 수 있다. 그리고 이것은 마
치 우리가 지리라는 것이 무엇인지 학교에서 배우기 전에,
시골의 숲이나 들판, 강에서 미리 배우는 것과 같다. (Mer-
leau-Ponty, 1945:15)

샤르의 시에서 몇몇 지명들은 어떤 추억이나 기억을
현재화시킬 뿐만 아니라 심지어 인간을 위무하는 주술적 힘
을 갖춘다. 이는 위치나 지역, 지형 같은 형식적 개념을 넘어
서 그 지명들이 생생한 삶의 터와 연결되어 있기 때문일 것
이다. '즈네스티에르', '발랑드란' 같은 프로방스의 지명들이
그러한 경우이다.

그리 오래되지 않은 어느 겨울날들의 미명 앞에서, 그대 다
시 추워진다고 느껴질 적에, 즈네스티에르, 발랑드란, 아이
들이던 우리를 맞이하는 초등학교 교실에서 그리 빨갛게 달
아오르던 난로처럼, 그 단어들은 우리들 굳어 간 가슴의 우
물 밖으로 의미의 벌꿀 무리들을 불러내니. (OC:572)

간략하게 샤르의 시에 나타난 장소의 기억과 그 장소
성을 살펴보았다. 이러한 살핌은 시에는 "개인의 말초적 감
각에 봉사하는 서정"(이숭원, 2010:82)도 있겠지만 분명 삶의
전환을 불러일으키는 체험적 서정이 우선한다는 믿음과 관
계한다. 시의 유효성은 한편으로 시에는 감동이 있고, 그 감
동으로 삶이 전환되는 그 누군가가 또한 있다는 믿음으로부
터 발생한다. 샤르의 표현을 빌리자면, 시는 언제나 누군가와
혹은 언제나 어떤 장소와 시방 혼례하고 있는 중일 것이다.

시는 언제나 누군가와 혼례하고 있으니. (OC:159)

3. 하얀 불길: 쉬페르비엘과 샤르

쥘 쉬페르비엘(Jules Supervielle, 1884~1960)은 샤르만큼이나
국내에 잘 알려지지 않은 시인이다. 프랑스에서도 거의 비슷
한 상황이었던 것 같다. 1996년 그의 시전집이 〈플레이아드
총서〉에서 뒤늦게 출간되자 어느 평자가 짤막하게 기사를 썼
다. "〈플레이아드 총서〉는 너무나도 늦게 금세기의 가장 중요
한 시인들 중 한 사람인 그에게 자리를 내주었다. 그러니까
그는 프랑스 비평계에서 지금까지 홀대받아 온 시인이었다."
1961년, 시인 김수영(1921~1968)은 쉬페르비엘을 한국에 처음
으로 알렸다. 그는 「새로움의 모색」이라는 제목의 시론에서
영국의 시인 피터 비어레크와 더불어 쉬페르비엘을 이렇게
소개했다.

> 읽으면 우선 재미가 있다. 좋은 시로 읽어서 재미없는 시가
> 어디 있겠는가마는 그들의 작품에는 판도라의 상자를 열어
> 보는 것 같은 속된 호기심을 선동하는 데가 있단 말이다. 이
> 것이 작시법상의 하나의 풍자로 되어 있는지는 몰라도 하여
> 간 나는 이 요염한 연극성이 좋았다. 또 하나는 그들의 구상
> 성이다. 말하자면 —— 연극에는 으레 구상성이 따르게 마련
> 이지만 —— 말라르메의 invisibility(불가시성)나 추상적인 술
> 어의 나열 같은 것이 일절 자취를 감추고 있는 것이 마음에

들었다. '로맨티시즘'에 대한 극도의 혐오가 이런 형식으로 나타났는지는 몰라도 그 당시에는 나는 발레리에게도 그다지 마음이 가지 않았다. (김수영, 2018:320)

김수영은 쉬페르비엘의 시도 몇 편 번역했다. 그는 쉬페르비엘의 죽음을 애도하면서 「나는 혼자 바다 위에서」*라는 시를 소개했다. 김수영의 번역을 필사하는 마음으로 다시 옮긴다. 다만 원문에 따라 마지막 두 행은 달리 옮겼다.**

나는 혼자 바다 위에서

파도 위에 직립한

사닥다리를 기어 올라가고 있다.

올라가고 있는 것이 다름 아닌 자기인데

때때로 불안해져서 손으로 얼굴을 만져 본다.

[…]

---

*　이 시의 원래 제목은 「몸」(Le corps)이다. 김수영이 시의 첫 구절을 원래의 제목 대신 사용했거나, 혹은 그가 참고한 영어권 문예지에서 그렇게 소개한 듯싶다.

**　김수영의 번역은 다음과 같다. "이미 시인인 나를 찾지 말아라 / 난파인조차도 찾지 말아라."(김수영, 2018:323)

나는 움직이는 물이 된다.

벌써 움직여 버린 물이 된다.

더는 시인을 찾지 말아라

파선조차도. (Supervielle, 1996:379)***

　　시는 상상력의 소산인 동시에 작가의 삶과 경험에 입
각한 실제적 토양의 산물이기도 하다. 이는 작품이 현실을
모사·반영한다는 이론적 테두리를 넘어서, 문학을 구성하는
중요한 요소를 환기시킨다. 그러니까 "인간 행위의 바탕에
는 장소가 있으며, 인간 행위는 다시 장소에 특성을 부여하
게 된다"(Lukermann, 1964:167)는 지리학자 루커만의 언급은
샤르와 쉬페르비엘을 함께 짚어 보는 출발점이 된다. 즉, 그
들의 작품 세계는 땅·자연·경관들을 아우르는 장소의 의미가
인간이 세계와 맺는 관계적 경험으로 비롯된다는 것을 알려
준다.

　　쉬페르비엘과 샤르는 특정한 장소의 경험에 따라 각
각의 시 세계가 추구하는 지향점뿐만 아니라 문체와 비유 또

***　다른 지시 사항이 없는 한 쉬페르비엘의 작품은 1996년 갈리마르 출
　　판사에서 간행한 〈플레이아드 총서〉『쥘 쉬페르비엘 시전집』(*Oeuvres
　　poétiques complètes de Jules Supervielle*)에서 번역해 인용했다.

한 달라진다는 것을 보여 준다. 가령 고향이라는 장소에는
개인사적인 경험과 맞물리며 사람들과의 관계만큼이나 필수
적이며 불가피한 자연-인간의 관계 인식이 나타난다. 따라서
특정 장소의 경험을 지닌 두 시인들의 작품 세계를 비교하는
과정을 통해, i)장소의 자연환경이 시의 탄생과 어떻게 연결
되는가. ii)시가 지향하는 세계 및 비유의 방식이 역으로 장소
의 개별성을 어떻게 경험하게 해주는가. iii)그리고 그러한 경
험들이 어떠한 반복과 차이를 통해서 인간과 세계의 관계에
대한 다층적 상상력을 확보하게 되는가. iv)특정 장소가 어떻
게 지역적 한계를 넘어서 생태적 경험에 도달할 수 있을 것
인지에 대해서 살펴보고자 한다.

　　　프랑스 문학 속에서 '장소'라는 주제를 일찍이 국내에
서 눈여겨본 연구자는 남수인일 것이다. 그는 「프루스트의
사물, 물건, 장소의 어떤 역할」(남수인, 1990:259~278)이라는
논문을 통해서 장소가 "인물들의 묘과"에 크게 작용할 뿐만
아니라, 그 장소에 사는 사람의 "현존화"에 기여한다고 보았
다. 특정한 장소적 경험을 문학 작품의 분석과 결부시킨 작
업들은 그 외에도 지속적으로 있어 왔다. 하지만 그러한 주
제를 프랑스 현대시에 세부적으로 적용시킨 경우는 찾기 어
렵다. 이는 시라는 갈래가 사건과 배경이 연계적으로 개입

되는 소설이나 산문보다는 장소성과 연관 지어 읽을 수 있
는 구체적인 묘사들이 상대적으로 미흡해 보였기 때문일 것
이다. 게다가 프랑스 현대시에서 특정 장소에 대한 형상화가
어떻게 지역적 한계를 넘어서 생태적 경험에 이르게 되는지
에 대한 실제적 작업은 더욱 흔치 않다.*

　　쉬페르비엘은 1884년 우루과이의 수도 몬테비데오에
서 은행업을 하는 프랑스인 부부 사이에서 태어났다. 태어난
지 8개월이 되었을 때, 그의 부모는 독극물 사고로 모두 사망
한다. 그가 열다섯 살 소년이었을 때 쓴 시가 남아 있다. 그중
한 구절은 다음과 같다.

---

*　　장자크 루소(Jean-Jacques Rousseau, 1712~1778)의 자연합일사상은 근대
유럽 문학에 지대한 영향을 끼친다. 하지만 오늘날에 이르러 프랑스
문학에 대한 생태학적 접근은 독일 및 영미 문학권에 비해 상대적으
로 많이 뒤떨어져 있다. 이런 이유도 있을 것이다. "하지만 프랑스 문
학 속에서 생태적 글쓰기의 패러다임으로 묶을 수 있는 작품들이 상
대적으로 적거나 질적 수준이 낮기 때문에 그와 같은 결과가 나왔다
고 보기는 어렵다고 생각된다. 도리어 프랑스 문학 속에서는 자연에
대한 성찰이 너무나 다양하고 오랫동안 체질화되어 있어서 연구적 방
식으로서의 체계화가 늦어진 것이 아닐까? 이러한 문제 제기를 조금
더 앞으로 밀고 나간다면, 생태적 글쓰기란 단순하게 잃어버린 자연
의 아름다움을 예찬하거나 생태계 파괴와 환경 위기를 고발하는 방식
들 그 이상의 것을 포괄하고 있어야 한다는 또 다른 문제 제기와 연결
될 것이다." (이찬규, 2009:87)

소중했던 두 분, 내가 사랑했던 두 분,

그러나 한 번도 뵌 적이 없는 분들,

나 오랫동안 그분들을 찾아 헤매었네 그리고 또 찾고 있네.

(Supervielle, 1996:3)

그는 프랑스로 건너가 학교를 다녔다. 그 이후부터 지
속적으로 자신의 고향인 우루과이와 선친의 고향인 프랑스
사이를 오갔다. 대서양을 거친 이러한 두 대륙 간의 '오고 감'
혹은 유랑의 정서가 그의 작품 세계에 영향을 끼쳤다. 그러
니까 『범선처럼』(1910), 『선착장』(1922)과 같은 그의 초기 시
집들의 제목에서 그 영향을 먼저 헤아려 볼 수 있을 것이다.
마르셀 레몽(Marcel Raymond, 1897~1981)은 쉬페르비엘에 대
해 이렇게 요약했다.

그는 아마도 대초원 팜파의 하늘 속에서 무슨 바람으로 태
어났거나 혹은 별들이 빛나는 밤을 바라보며 남태평양의 흰
물거품에서 태어난 시인인지도 모른다. (레몽, 1989:426)

바다는 그의 시 세계에서 중요한 시적 모티프가 된다.
이런 점은 시집의 제목뿐만 아니라 각각의 시 제목들에서 더

욱 두드러진다. 그의 초기 시집 『선착장』에 수록된 35편의 시
들 중에 "여객선", "포르투갈 기항", "브라질 기항", "마르세유",
"선장" 등과 같이 바다를 환기시키는 제목이 붙은 시들의 수
는 작품집의 무려 3분의 1에 해당한다. 레몽이 쉬페르비엘을
"남태평양의 흰 물거품에서 태어난 시인"이라고 표현했듯이,
바다는 시인에게 어떤 원초적인 고향과 같은 장소가 된다.
바다가 고향이라는 심상으로 사유화되는 궤적은 쉬페르비엘
이 일생 동안 대서양을 오갔었다는 전기적 사실과 일단 연관
될 것이다. 그리고 이러한 궤적은 그러한 유랑의 정서가 실
존적 체험 혹은 일시적 존재에 대한 슬픔으로 다다르기 때문
에 의미가 깊어진다.

　　1925년에 발표된 「초상화」는 라이너 마리아 릴케가 쉬
페르비엘을 문단과 세상에 알리는 단초가 된다. 릴케는 그해
쉬페르비엘에게 이런 내용의 편지를 보냈다.

> 문예지에서 당신의 「초상화」 시를 발견하고 나서, 저는 당
> 신이 지금까지 썼던 모든 것과 앞으로 쓰게 될 모든 것들을
> 사랑하게 되리라는 것을 예감합니다. (Roy, 1970:28~29에서
> 재인용)

　대시인 릴케의 편지를 받고 기뻐했을 청년 쉬페르비엘의 모습을 떠올릴 때마다 흐뭇해진다. 시 「초상화」에는 먼저 바다가 등장한다. 그러니까 바다가 하나의 초상화일 것이다. 그의 시는 김수영의 말대로 "구상"적이다. 시인은 "입술이 현기증 나게 들이마시는" 바다(메르, La mer)의 수평선을 바라보며 어머니(메르, La mère)를 호명한다. 이는 프랑스어의 동음이의적인 우연성을 넘어 바다가 시인의 혈연적인 혹은 운명적인 장소라는 점을 일깨운다. 시인은 또한 어머니와 함께 영원히 사라져도 좋을 장소로서 "대서양의 심연"을 선택한다.

> 나는 그토록 당신이었고, 이제는 희미하게 당신입니다만,
> 눈먼 고기들과
> 수직의 수평선이 시작되는
> 대서양의 심연에서 서로에게 발길질하며,
> 서로의 헤엄을 방해하다, 반쯤 익사한 두 명의 선원들처럼,
> 어쩌면 우리는 함께 죽었어도 좋았을 만큼 그렇게 묶인 둘
> 이었습니다. (Supervielle, 1996:160)

　성경에는 "내가 너를 고아와 같이 버려 두지 아니하

고 너에게 오리라"(「요한복음」, 14:18)라는 구절이 있다. 쉬페르비엘의 근원적 고아의식은 그 위로의 구절을 도리어 슬프게 만든다. 그의 시는 '내'가 "그토록 당신"이었는데, "이제는 희미하게 당신"이 되는 시간으로 옮겨 가며 구축된다. 그 시간은 이리도 묻는 듯하다. 당신이 희미해지니, 나도 희미해지나? 아, 그래서 좋구나. 이는 자신 또한 미래에는 없다는 것을, 죽음이 인간의 마지막 목적지라는 것을 진정으로 깨닫는 순간이기도 하다. 게다가 당신과 나에게는, 삶과 죽음에는 사이가 있을 터인데, 시인은 그 사이를 인정하지 않으려는 고집과 그 고집의 외로운 슬픔을 간직한다. 대서양의 심연 속에서, 서로 묶여서, "서로의 헤엄을 방해하다"가 죽어 가면 좋겠다는 시인, 아니 당신에게 물을까?

무엇이었어요, 당신? (허수경, 2016:12)

「초상화」에서 시인은 수평선에서 자신의 영혼이 길을 잃고 헤매고 있으니 "아련한 어머니"를 향해 도와 달라는 간청을 반복한다. 그런데 시인은 자신의 간청이 그 어디에도 이르지 못할 침묵과도 같은 것임을 이미 알고 있다. 시에서 비유적으로 밝히고 있듯이 초상화 속의 어머니는 애초부터

이승에서 만날 수 없는 망자이기 때문이다. 그런데 어머니는
다시 불린다.

> 어머니, 죽은 자들을 찾아다니는 사람처럼 제가 많이 아픕
> 니다. (Supervielle, 1996:159)

시인에게 만날 수 없는 존재들을 떠올리게 하고 그 존
재들을 호명하도록 하는 장소는 가장 많은 경우 바다가 된
다. 따라서 시인의 바다는 가까이 가려 하나 닿지 못하는 하
늘의 한 여자를 되비치는 통로가 되기도 한다. 「창공」(Plein-
ciel)이라는 시가 그러하다.

> 구름 가운데,
> 바다 위로,
> 여자의 얼굴이
> 광활한 바다를 굽어보는데,
> 그리고 새-물고기들이
> 근처를 오가며
> 흰 포말을 물어 구름에게 건네준다.

(나는 이 여자를 안다.

어디서 나는 그녀를 이미 보았을까?) (Supervielle, 1996:285)

바다는 지상의 고향처럼 거주하거나 머물 수 있는 장
소가 아니다. 차라리 바다는 어딘가로 가거나 혹은 돌아가기
위해 지나는 장소다. 고향과 같은 장소로서의 바다가 시인에
게 빈번히 어머니를 환기시켰다면, 정주할 수 없는 장소로서
의 바다는 존재들의 덧없음과 불완전성을 경험토록 해주는
지표가 된다. 또한 바다는 열심히 노를 젓는 시인 바로 자신
이 금방이라도 스러질 "하나의 희미한 점"에 불과하다는 것
을 알려 주는 장소가 된다. 장시 「몸」의 한 단락이다.

내 안의 밤, 바깥의 밤,

그들은 시나브로 별들을 뒤섞으며

자기의 별들을 위태롭게 하나니

하여 이 친근한 밤의 사이로

나는 힘껏 노를 젓는다네.

그리고 멈춰선 채 바라본다네.

내가 얼마나 멀리서 보이는지!

나는 에워싼 심연 위에

두근거리며 숨을 쉬는

하나의 희미한 점일 뿐이라네.

내 몸을 겪은 밤은

나포된 채 말을 건넨다네.

하지만 두 가지 밤 중에서 어떤 것인가,

바깥의 밤인가 안의 밤인가?

그림자는 하나 되어 맴돌고,

하늘, 피는 오직 하나를 이룬다네.

나는 간신히 빛나는 별빛으로

나의 흔적을 알아볼 수 있다네. (Supervielle, 1996:382)

존재들의 덧없음과 불완전성에 대한 인식은 시인의 내면적 장소로 재구성되며, 시인은 "간신히 빛나는 별빛"과 같이 "두근거리며 숨을 쉬는 / 하나의 희미한 점"과 같은 존재로 순치된다. 인용시에서 표현된 바와 같이 '몸-우주', '하늘-피', '밤의 그림자-나의 지나간 흔적', '시인-별빛'이 "오직 하나"로 자연과 인간이 순치되는 이러한 방식은 인간중심주의를 넘어서는 생태적 전망을 빚어 낸다. 그런데 쉬페르비엘은 자신의 저작에서 환경 파괴나 그에 따른 생태학적인 문제들을 구체적으로 언급한 적이 없다. 프랑스에서 환경 운동

및 생태 위기의식은 1960년 초부터 시작되지만, 쉬페르비엘은 1960년에 사망했기 때문에 시기적으로도 시인에게 그러한 것들이 생경할 수 있었을 것이다. 요컨대 그의 시를 생태적으로 헤아리는 것은 환경 위기가 대두되기 이전의 문학이 생태론적 연구의 대상이 될 수 있을 것인가에 대한 문제이기도 하다.

문학 작품이 독자에게 인간중심의 관점을 넘어서 자연과 관계를 맺도록 하기 위해서는 정서적 감동을 수반할 수 있는 언술 방식이 필요하다. 이러한 필요성은 펠릭스 가타리 (Félix Guattari, 1930~1992)의 사유를 되짚어 보게 한다. 즉, 그는 정치 집단과 행정 기관이 주도하는 생태 정책이 아니라 인간의 마음에서 스스로 발현되는 "마음의 생태학"에 대해 주목한다. 그리고 그러한 "심성 혁명"을 위한 주체적 역할은 "전문가"가 아니라 "예술가"가 맡아야 한다고 역설한다(Guattari, 1989:22~23).

따라서 계몽론적인 목적론을 담지하고 있는 생태 문학에서 다분히 부족했던 미학적 장치와 감성의 복원을 생각해 볼 필요가 있다. 바로 시는 문명 혐오와 자연 예찬이라는 당위적인 윤리의 '바깥'에서 새로운 생태적 서정을 불러일으키기 때문이다. 가령 쉬페르비엘이 시인 자신 혹은 인간의 몸을 "하나의 희미한 점"으로 인식하고, 그것이 또한 "간신히 빛나는 별빛"으로 이어지는 은유적 층위는 생태 위기를 알리는 고발적 언술 방식은 분명 아니다. 하지만 위의 인용 시에서 비유되고 있듯이 인간-별빛의 동화(同和)는 둘 다 언젠가는 소멸할 수밖에 없는 일시적 존재이기 때문이다. 그러한 소멸의 국면에서 인간과 무기적 자연인 별빛이 필연적 상관성을 가지게 된다. 인간이 별빛이라는 이러한 언술 방식은 이성과 합리의 세계에서는 논리적 모순이거나 오류로 취급받을 수 있지만 생태적 측면에서 보자면 바로 세계의 진리이기도 하다. 적어도 생태계의 구성원이라는 점에서 인간은 이슬, 풀, 혹은 별빛과 크게 다르지 않기 때문이다. 시인은 세계의 '밤'이, 그 무의 상태가 자신의 안과 밖의 경계를 지워 나가는 순간들을 시적으로 선취한다. 그래서 묻는다. "바깥의 밤인가 안의 밤인가? / [⋯] / 하늘, 피는 오직 하나를 이룬다네." 이러한 질문들을 간직하고 분만해 내는 쉬페르비엘의 시에는 "탈논리적 따스함"이 계속된다.

　　인간중심적 관점을 넘어서 자연과 하나 되고자 하는 쉬페르비엘의 시적 태도는 목가풍의 자연 예찬과는 다르다. 자연 속에서 인간을 위무하는 영원함과 아름다움만을 걸러 내는 것은 또 다른 인간중심주의적인 시선이기 때문이다. 그의 서정에는 단순한 자연 예찬을 넘어서 인간의 한계를 인정하는 태도뿐만 아니라 자연 나름대로의 운명을 깊이 공유하는 태도가 깃들어 있다. 그리고 시인이 견지하고자 하는 이러한 태도는 1954년 6월 7일, 르네 에티엥블레(René Etiemble, 1909~2002)에게 보낸 편지의 한 구절에서 좀 더 온전하게 드러난다.

> 나는 말할 수 있습니다. […] 나의 시처럼 결함이 있는 시는 그것이 불완전하기 때문에 한층 더 감동적일 수 있다고, 나는 그런 시를 인간적이라고 표현하겠습니다.
>
> (Etiemble, 1960:258)

쉬페르비엘의 시 세계에서 확인할 수 있는 것은 자신과 자연과의 접촉면을 가능한 최대한도로 늘리려는 시인의 노력이다. 왜냐하면 자신의 결함과 불완전성을 인정하는 자만이 관계의 필요성을 경험할 수 있기 때문이다. 이런 측면에서 평론가 다니엘 베르제가 쉬페르비엘의 시는 "어떤 형태의 불완전함"을 다른 현대 시인들보다 한층 더 요구하고 있다고 본 것은 유의미하다(Bergez, 1986:83). 그러니까 그의 시는 불완전한 상태로 있기 때문에 우리가 아직 알지 못하고 있던 세계의 어떤 진실들을 향해 쉼 없이 나아간다. 그리고 그러한 불완전함에 대한 자각은 인간이 오랫동안 옳다고 생각한 서열적 관계들이 사실 헛것에 불과하다는 생태적 의식과 관계한다.

시인의 고향인 우루과이의 자연은 한 개인의 특수한 경험을 넘어서 생명공동체적 삶의 장소로서 빈번하게 형상화된다. 「몬테비데오」(Montevideo)를 제목으로 하는 시는 그러한 관계에 대한 인식을 한 그루의 나무에서 거대한 지구로 이어지는 점층적 비유로 펼쳐 낸다.

[…]
아침이 새들을 헤아리니
잘못이 없다.

유칼리나무 향기는
광활한 하늘을 믿는다지.

대서양 거기 우루과이에서는
유채색 수평선이 집들을 만나러 다가설 만큼
하늘은 그리도 부드럽고 유순하다지.

새순들이 돋아나기를 미루는
숲의 은밀한 골짜기까지
바람이 바다 밑으로 내려올 수 있음을
해초가 자신을 말아 올리며 전해 주는 그곳까지
내가 태어나고 있었지.

언제나 둥근 춤을 다시 시작하며,
대기와 더불어 자신의 것들에게 감사하며 깊은 담수거나 물
결 위에서
헤엄치는 자들의 머리와 자맥질하는 자들의 발을 어루만
지며,
지구는 움직이고 있었지. (Supervielle, 1996:175)

　　삶이 우리에게 가르쳐 주는 것 중의 하나는 모든 관
계가 바람직한 것만은 아니라는 사실이다. 그래서 사람 사
는 세상을 떠나 최대한 관계를 줄여 가며 사는 사람들도 생
긴다. 오늘날에 목격되는 급속한 환경 파괴 또한 인간이 만
물의 영장이고 자연은 그 아래에 있다는 서열 논리를 관계
의 오랜 법칙으로 내세운 인간중심적 문명의 폐해이다. 그런

데 위의 시에는 이러한 인간중심적 관계가 희석된다. 시의
1연과 2연에서 새들을 헤아려 주는 것은 아침이며, 나무의 향
기는 광활한 하늘을 믿는다. 마지막 연에서는 지구가 자신
의 것들에게 감사한다. 이같이 의인화된 상호관련성은 쉬페
르비엘의 근본적인 시적 비유의 세계를 빚어낸다. 그가 가장
많이 사용하는 의인화에는 자연과 인간을 이분법적으로 나
누지 않고 하나로 보려는 생태적 전망이 깃들어 있다. 가령
"수평선이 집들을 만나러 다가설 만큼"이라는 표현에 깃들
어있는 인간과 자연은 "독백적 관계"가 아니라 자연이 주체
가 되는 "대화적 관계"를 맺고 있다. 따라서 시에서 주체적으
로 관계를 지향하는 "아침", "유칼리나무 향기", "수평선", "지
구"는 단순한 의인화 이상의 의미를 갖는다. 이 세계에 무수
히 흩어져 존재하는 것들을 모아 하나의 전체를 만들고자 하
는 소망이 그 속에 잠재하고 있기 때문이다. 라이너 마리아
릴케가 쉬페르비엘을 가리켜 "당신은 진정 우주 속에 다리
를 놓는 위대한 건축가"라고 칭한 것도 우루과이의 대평원인
팜파스에서 "나라는 존재", 즉 인간중심의 관점을 극복한 시
인을 대변하는 상찬일 것이다. 이러한 생명공동체적 전망은
「어린 소녀에게」(A une enfant)라는 시에서 또 다른 방식으로
표현된다.

아마도 네 또래의 어린 소녀를 위한 자리가 밑에는 없을 만
큼 하늘은 그리도 광활하고
아무리 해도 충분치 않을 만큼 드넓은 공간이 우리를 숨 막
히게 하지
하여 너는, 키 큰 어른들처럼,
소리 없이 움직이는 우주를 견뎌야 하지
개미들, 가장 작은 개미들 또한 감내하는 것이니

(Supervielle, 1996:161~162)

시인은 어린 소녀에게 우주의 광대무변함을 새삼 일
깨워 준다. 그런데 이 시의 묘미는 그러한 우주의 넓이에 대
한 인식보다 인간의 존재 방식을 인간이 미물로 치부해 왔던
개미로부터 배워야 한다는 관점이다. 그러니까 인간의 정체
성에 대한 탐색은 인간이 아닌 것을 포함한 모든 생명체들의
관찰을 통해 만물의 탈-서열적 관계에 대한 전망으로 이어
진다. 그의 시는 이러한 관계에 대한 '경외감'으로 가득하다.
그리고 시인의 경외감은 자연에 대한 인간의 서열 논리나 오
만함을 억제하는 겸손함을 이끌어 낸다. 사빈 드빌프가 지적
하고 있듯이 시인이 『세계의 우화』에서 그려 내고 있는 동물
세계는 세계에 대한 경외감과 함께 그 어떤 것도 서열화하

지 않는 어린아이 혹은 동물들의 시선으로 투영된다(Dewulf, 2008:101). 때문에 그는 어른뿐만 아니라 많은 어린이들까지 독자층으로 확보하고 있는 프랑스의 흔치 않은 현대 시인이 기도 하다. 시「한낮의 야상곡」(Nocturne en plein jour)에서는 고향의 자연과 자신이 한 몸이라는 몸의 기억 또는 심신상관체적 인식이 펼쳐진다. 그리고 그러한 "인간의 풍경"에는 인간이 주인 되는 것이 아니라 단지 "여행자"로서 자연 속으로 편입된다.

> 나의 입술 위로 캄캄한 피처럼
> 밤이 흘러 나의 턱을 뒤덮으니,
> 황소처럼 억센 잠에서 천천히 일어난
> 내 안에서 시선의 축이 돌고 있음을 느낀다네.
> 나는 살갗 아래서 숨 쉬고 고동치는 나라로
> 사려 깊은 내 육신의 닫힌 영역으로 들어가네.
> 내 뼈들은 다루기 힘든 평야의 바위들이네.
> 그곳에선 아를리잔이라 불리는 풀이 자라고,
> 먼 곳에서 도착한 여행자처럼
> 나는 침투하여 인간의 풍경을 발견한다네.
>
> (Supervielle, 1996:373~374)

시인이 곧잘 어린아이의 눈을 빌려 그려 내고 있는 자연의 경외감은 무위적 창조물에 대한 환상이나 공상의 세계가 아니라 "주의 깊은 증거"에서 비롯되는 세계이다. 그러니까 시인의 "살갗 아래서 숨 쉬고 고동치는 나라"는 클로드 루아가 강조했던 것처럼 "가공의 세계"가 아니라 시인이 경험했던 장소에서 비롯된다. 그래서 그 장소는 쉬페르비엘이 태어나고 살았던 우루과이의 팜파스를 구체적으로 환기시킨다. 또한 경험된 장소는 시인의 마음과 몸이 동시에 함께하는 심신상관체적 세계, 즉 "숨 쉬고 고동치는 나라"가 된다. 그러한 "나라"는 "사려 깊은 내 육신의 닫힌 영역"으로 들어와 몸의 일부로서 다시금 재구성된다. 시인의 뼈는 우루과이의 팜파스를 연상시키는 "다루기 힘든 평야의 바위들"과 다르지 않게 되며, 그 "뼈" 위에는 팜파스의 초원 지대에서 흔히 발견할 수 있는 "아를리잔이라 불리는 풀"이 자라난다. 이같이 경험된 자연은 시인의 내면 세계를 규정하는 하나의 외연이 되고, 주체와 장소는 쉬페르비엘의 시에서 심신상관체적 관계를 이어 나간다. 그의 시 세계가 개인적인 자아의 탐색을 표방하면서도 종국에는 그 개인적인 자의식을 매번 놓아 버리는 것은 바로 이러한 장소와의 동일성을 소망하고 있기 때문일 것이다. 그리고 그러한 동일성 속에서 시인은 궁극적으로 인간을 자연으로부터 그리고 그 무엇으로부터도 분리시키지 않는 "인간의 풍경"을 다시금 "발견"하게 해준다.

　　쉬페르비엘에게 바다가 있다면, 샤르는 강이다. 샤르의 시 세계를 다룬 첫 번째 단독 평론집은 1947년 출간된 조르주 무냉의 『당신은 르네 샤르를 읽었습니까?』(*Avez-vous lu Char?*)였다. 무냉이 그 책을 통해 반복해서 강조했던 것이 있었다. 요약하면, 그의 시는 지성적 작용이 아니라 고향의 원초적 감각에서 비롯된다는 것이었다. 샤르의 회고를 따르자면 일리 있는 설명이다. 샤르는 자신의 시를 시학자들보다 고향의 '어르신'들이 더 잘 간파했을 뿐만 아니라 좋아했다고 아주 나이 들어서 회고했다. 아무튼지 무냉의 올바른 설명에 살짝 아쉬운 것이 있다면, 그 설명에 부합하는 샤르의 작품이 제시되지 않는다는 점이다. 독자에게 스스로 샤르를 찾아 읽어 보라는 깊은 뜻이 담겨 있는 것인지도 모르겠다. 샤르가 유년기에 경험했던 고향에 대한 시가 있다. 제목이 「그의 이름을 선언하다」(Déclarer son nom)인데, 화자는 먼저 자신의 나이를 밝힌다.

　　난 열 살이었다. 소르그강이 나를 박아 넣었다. 태양은 강물

의 온유한 문자반 위에서 시간을 노래했다. 무관심과 고통
이 집들의 지붕 위에 쇠닭을 붙박아 놓고 함께 서로를 용인
했다. 하지만 망보는 아이의 마음속에는 어떤 바퀴가 하얀
불길을 일으키는 물레방아의 바퀴보다 더 빠르게, 더 세차
게 돌아가곤 했던가? (OC:401)

「그의 이름을 선언하다」에서 이름은 한 번 나온다. '라
소르그'이다. 소르그강이 화자를 열 살 때 "박아 넣었다". 그
러니까 화자는 강의 한 부분이 된다. 집이 쇠로 만든 닭처럼
무관심과 고통의 장소라면 강은 좀 다르다. 강에 비치는 태
양은 열 살짜리에게 '시간'을 노래하는 것을 가르쳐 준다. 그
것은 또한 강의 포말에서 "하얀 불길"을 발견하게 한다. 시인
박재삼도 해 질 녘에 "울음이 타는 강"을 보았다. 훗날 누벨
바그의 기수 장폴 루가 영화로 만든 샤르의 희곡 제목도 『물
의 태양』이었다.
　　라 소르그강에는 물레방아들이 많았다. (지금은 개발
로 인해 많이 없어졌다.) 샤르를 따라서 그의 고향에 머물다
가 라 소르그강에 반해 버린 알베르 카뮈는 한 줄의 시 같은
글을 남겼다. "저 외딴 물레방아의 오래된 바퀴들로, 강은 이
름 없는 동아줄들의 매듭을 지어 놓듯이, 빛, 시(詩)의 덫이

되네."(Camus, 2009:16) 그런데 샤르의 시편에서 좀 더 흥미로
운 것은 아이의 마음속에 "어떤 바퀴"가 있는데, 그것이 강의
물레방아 바퀴보다 "더 빠르게, 더 세차게" 돌아간다는 점이
다. 시는 그것이 "어떤 바퀴"냐고 물으면서 끝난다. 묻는 것을
보니, 그것은 질문의 존재이다. 열 살짜리를 자신의 존재 속
으로 "박아 넣은" 강도 아마 헤아릴 수 없는 존재일 것이다.
결국 인간의 뿌리는 자연이라지만, 뿌리 되는 것들이 새로운
가지를 치는 아이의 마음을 어찌 알까. 앞으로 생길 것은 아
직 생기지 않았다.

　　샤르의 초기 시집 『최초의 물레방아』(1936)의 첫 구절
은 이렇게 시작한다.

　　유년의 시인이 품고 있던 열망은 공간을 살아가는 사람이
　　되는 것이라네. (OC:62)

　　『최초의 물레방아』에는 — 샤르의 특징인데 — 한 줄
로 된 글이 많다. 그러니까 시인이 살아가는 공간은 이렇게
한 줄의 문장 속에서 펼쳐진다.

지평선은 늙은 호박으로부터 퍼져 나간다. (OC:77)

  이러한 인과 관계를 "지성적 작용이 아니라 고향의 원
초적 감각"이라고 할까? 샤르의 삶이나 몇몇 시를 조금 더 떠
올려 보면, 그는 현대 문명에 화를 많이 냈다. 이를테면 그는
도구의 합리성과 교환가치라는 사회 체계가 인간관계를 총
체적으로 지배하는 현대의 문명적 상황들, 아도르노의 표현
을 빌리자면 "관리되는 사회"에 저항했다. 샤르가 한때 초현
실주의 운동에 적극적으로 가담했던 것도 그와 같은 이유였
을 것이다. 요컨대 시인은, 관리되고 획일화된 사회와 인간관
계 속에서, "위험"해져야 한다.

  시인은 자신의 명철함이 위태롭다고 생각되는 위험을 받아
  들여야 한다. 시인은 계산된 계획들을 거스르는 인간에 속
  한다. 그는 이 특권과 이 포탄을 위해서라면 어떤 대가라도
  치를 수 있는 자이다. (OC:653)

  강이 시인을 열 살 때 자기 것으로 삼았으니, 그는 자
연의 경우처럼 "계산된 계획"에는 저항하고 "위험"은 받아들
인다. "자신의 명철함"이 위험한 것은, 그것이 무엇보다도 위

험을 만들어 내기 때문이다. 하지만 계산적인 것과 명철함은 다르다. 일테면 그 명철함은 자신이 발견한 것을 붙잡지 않도록 한다. 그럼으로써 시인의 새로움과 위험은 함께 한다.

> 시인은 그가 발견한 것을 붙잡지 않는다. 그것을 전사(轉寫)하면서, 곧 잃는다. 그러한 곳에서, 시인의 새로움이, 또한 그의 무한과 그의 위험이 함께 머문다. (OC:378)

시 「라 소르그」는 여러 방식으로 읽힌다. 하나의 의미로 확정되지 않기 때문이다. 시는 매번 '강'을 호명하는 11개의 구절로 되어 있다. 호명은 같지만, 호명되는 것은 달라진다. 그중 마지막 세 개의 구절은 이렇다.

> 꿈을 잊지 않는 강이여, 철이 녹스는 강이여
> 그곳에서 별들은 바다에서 물리쳤던 어둠을 지니게 되리니.
> (9)

> 전해 받은 힘과 물속으로 잦아드는 외침의 강
> 포도나무를 깨물어 새 포도주를 고하는 폭풍의 강이여.
> (10)

감옥으로 미친 이 세계에서 결코 무너지지 않을 마음으로의
강이여,
우리를 세차게 지켜 주고 지평선 꿀벌들의 벗이 되리니.

(11) (OC:274)

앞에서 살펴본 쉬페르비엘의 시에서 바다가 가장 많
이 투영되었다면, 샤르에게는 위와 같이 강이다. 「라 소르그」
에서 흥미로운 것은 강과 바다가 비교되는 구절이다. 그러니
까 강의 별들은 바다의 별들과 달리 "어둠"을 갖는다. 별은
빛나는 것이니, 별의 어둠은 의외다. 이 어둠은 무엇을 표상
하는 것일까? 돌발적이고 모호한 현존이지만, 별들 또한 어
둠을 전제로 빛나는 관계적 존재라는 사실을 그 표현 속에서
헤아려 볼 수 있다. 때문에 "꿈을 잊지 않는 강"은 그 끝없는
흐름 속에 되비치는 별빛만큼 "어둠"을 갖는다. 샤르에게, 아
니 시에서 강이 바다와 다르게 되는 것은 강이 "꿈을 잊지 않
는 강"이기 때문이다. 라 소르그는 또한 "철이 녹스는 강"이
기도 하다. 많은 평자들이 이 시에서 "철"은 현대 문명을 상
징한다고 한다. 그러니까 "철이 녹스는 강"은 자연이 문명을
이겨 내는 경우라고 본다. 조금 달리 보자면, 문명의 자연화

라고 할 수 있지 않을까. 문명에 맞서기만 하는 강이 아니라 자기의 역사 속으로 문명 또한 감싸 안는 강.

　　시의 마지막 구절에서 라 소르그는 "감옥"으로 제유된 억압과 규칙의 세계에 결코 굴복하지 않는 자유로운 존재로 투영된다. 강은 그러한 존재로 되살아나기 위해 "길벗도 없이, 너무 일찍 떠나" 버리고, "이성의 조약돌을 망각의 흐름으로 굴려 보내"는 시간을 가지고, 대지의 떨림과 태양의 불안을 함께 나누고, 시공간을 거슬러 올라가며 끊임없이 변전하는 단계들을 거친다. 강은 마침내 보이지 않는 "지평선 꿀벌들"까지 함께하는 "마음"으로 거듭 태어난다. 이때 라 소르그는 개인적 차원을 넘어 세상의 모든 곳에 편재하면서 관계의 참다운 가치를 일깨우는 "실천적 진실"이 된다. 따라서 시인은 시 속에서 마지막으로 이렇게 라 소르그를 호명한다.

　　　감옥으로 미친 이 세계에서 결코 무너지지 않을 마음으로의
　　　강이여,

　　샤르에게 있어서 고향은 서로가 서로를 놓지 않는 관계의 장소다. 고향의 사람들에게 헌정된 작품집인 『상류로의 회귀』에 들어 있는 「알비옹의 폐허」는 그 어떤 것으로 대체

할 수 없는 그러한 장소적 가치를 일깨운다. 이 시는 샤르가 프랑스 시인으로는 처음으로 핵미사일 기지 반대 운동을 주도했던 1966년에 발표되었다.

> 1966년 2월 24일
>
> 알비옹의 고결한 지표면에 구멍을 뚫는 사람들은 이것을 반드시 헤아려야 한다. 우리는 싸우는 것이다. 내리는 눈이 겨울날의 여우가 되고 또한 봄날의 오리나무가 되는 한 **장소**를 위해서. 그곳의 태양은 우리의 세찬 피의 위로 떠오르고, 인간은 동포의 집에서 결코 수형인이 되지 않는다. 우리에게 있어, 이 **장소**는 우리들의 빵보다 더 가치가 있다. 그것은 바꿀 수 없기 때문이다. (OC:456)

시인은 장소와 그 경관을 일컫는 "site"라는 단어를 두 번에 걸쳐 강조한다. 그런데 하이데거가 장소성(Ortschaft)에 대해서 논할 때 사용하는 독일어 "Ort"를 프랑스어로 옮긴다면, "situer"에서 파생된 단어 "site"가 대응된다.* 하이데거가

---

* 시와 장소의 관련성에 대한 하이데거의 논고를 『말을 향한 경로』(*Acheminement vers la parole*)라는 제목으로 번역한 장 보프레와 볼프강 브로크마이어는 "Ort"의 프랑스어 역어로 "Site"를 사용했다. 우리나

역설한 다음과 같은 시적 장소성은 샤르가 "site"를 강조한 까닭에 대해서 헤아리게 해준다.

> 장소(ort)라는 명사는 근원적으로 창끝을 의미한다. 이 끝에서는 모든 것이 집결된다. 장소는 자신을 최고의 것, 극단의 것 가운데로 모은다. 이러한 집결이 모든 것에 두루 걸치면서 모든 곳에 있게 된다. 즉, 집결은 자신에게로 모든 것을 받아들이고, 또 받아들여진 것을 간직한다. 그러나 그것은 폐쇄적인 주머니와 같은 방식으로 받아들이고 간직하는 것이 아니라 집결된 것을 빛으로 꿰뚫어 투명하게 빛나도록 해서, 그 집결된 것을 처음으로 그것 자신의 본질 가운데로 해방하는 방식을 취한다. (Heidegger, 1976:41)

샤르가 강조한 알비옹이라는 장소(site)는 물리적, 지리적 특색들을 드러내기보다 "대체될 수 없는 가치"들이 집결되어서 다시 발현되는 곳이다. 그 장소를 경험하지 못한 자들에게는 그곳이 눈으로 덮인 겨울 언덕에 불과하겠지만,

---

라의 하이데거 주요 번역가인 오병남과 민형원은 개정번역서에서 Ort를 '장소'라는 역어로 통일했다(하이데거, 1996).

시인은 그곳에서 "겨울날의 여우"로부터 "봄날의 오리나무"로 이어지는 생명의 순환력을 읽는다. 이러한 시인의 "자연 감각"은 식물이 꽃을 피우고 열매를 맺기 위해서는 땅속에 뿌리를 내려야만 한다는 진리와 그 진리의 경험된 장소로 이어진다. 따라서 눈 덮인 알비옹의 텅 빈 장소는 시인의 표현처럼 "고결한 지표면"이 된다. 이는 장소가 인간과 무관한 그 무엇이 아니라 인간과 운명 공동체를 이루는 장소성을 지니게 됨을 의미한다. 시인은 텅 빈 장소라고 여겨지는 곳에서, 하이데거의 표현을 빌리자면, "모든 것에 두루 걸치면서 모든 곳에 있게" 되는 다양한 생명의 순환성을 발견한다. 그곳은 "겨울"이면서 "봄", '동물'이면서 '식물', "태양"이면서 우리들의 "피"가 되는 우주적인 혈연관계로 현존한다. 그리고 그 현존은 인간이 자연에게뿐만 아니라 자신들 사이에서도 내세운 계급적 위계질서를 해체한 수평적인 공존에서 비롯됨을 샤르는 분명히 환기시킨다. 즉 "인간은 동포의 집에서 결코 수형인이 되지 않"을 것이라고 시인은 핵미사일 기지가 설치되는 알비옹 언덕에서 선언한다. 물론 시인의 그러한 선언은 자연 앞에서 인간이 갖춰야 할 겸손을 전제한다.

자신들이 살아가던 땅 위에서 그 땅을 바라보는 자들과 그들의 눈을 낮추어 땅에게 친밀하게 말을 건네는 자들은 드물어라, 망각의 대지, 도래하는 대지, 우리가 두렵도록 사랑에 빠지는. (OC:511)

쉬페르비엘과 샤르는 우리에게 각기 다른 방식이지만 심신상관체적 인식을 도와준다. 즉, 시인과 장소는 '나-그것'의 관계가 아니라 '나-당신'의 관계를 갖는다. 특히 두 시인이 각각 실존적 체험을 하게 되는 바다와 강은 "인간의 풍경"을 재전유한다. 그러니까 인간은 자연으로부터 분리되지 않음으로써 또 다른 미지의 실존이 된다.

쉬페르비엘에게 있어서 바다는 자신을 포함한 모든 존재의 덧없음과 불완전성을 경험토록 해준다. 그리고 이러한 경험을 통해 바다는 시인의 내면적 장소가 된다. 즉, 인간이 만물의 영장이라기보다는 바다 위에 "간신히 빛나는 별빛"에 불과하다는 사실을 깨우치는 계기로 작동된다. 하지만 이러함 깨우침이 단순하게 페시미즘(pessimism)적 태도로만 머물지는 않는다. 왜냐하면 그러한 불완전과 소멸의 국면에서 자연과 인간과의 필연적 상관성을 획득하고, 그 속에서 탈-중심적이고 탈-서열적인 새로운 관계를 발견하게 되기 때문이다.

많은 평자들은 쉬페르비엘의 시 세계를 "몽환적이고 우화적인 세계"로 바라보았다. 릴케는 쉬페르비엘을 두고 "당신은 진정 우주 속에 다리를 놓는 위대한 건축가"라고 언급했다. 이러한 릴케의 언급은 "몽환적이고 우화적인 세계"가 아닌 다른 관점으로 읽힐 수가 있다. 즉, "나라는 존재", 즉 인간중심의 관점을 초월한 관계적 측면을 통해 "우주 속에 다리를 놓는 위대한 건축가"를 이해할 때 좀 더 유의미해질 것이다.

쉬페르비엘은 샤르와는 달리 환경 파괴나 그에 따른 생태학적인 문제들을 구체적으로 개진한 적이 없다. 하지만 그가 자신의 고향인 우루과이의 팜파스에서 경험한 장소성은 당위론에 결박된 환경주의나 문명비판론들과 거리를 두게 하는 정서적 감동을 수반하고 있다. 정서적 감동을 수반하지 않는 목적론적·계몽론적 언술방식이 독자에게 생태적 공감을 불러일으키기엔 한계가 있다는 것을, 그의 시 세계는 다시금 일깨워 준다. 이와 같은 점에서 본인이 적극적으로 환경 운동에 뛰어들었으면서도 선동적 구호들을 자제했던 샤르의 전반적인 언술 방식 또한 공통된 노정을 보여 준다.

파리의 초현실주의 운동을 중단하고 자신의 고향인 남프로방스로 귀향한 샤르의 시 세계는 중요한 질적 변환을 겪게 된다. 이때부터 샤르의 시는 자동기술법적 방식도 지성(知性)적 작용도 아닌, 무냉이 지적하고 있듯이 "고향의 향토적 감각"에서 비롯된 관계의 서정을 구축한다. 특히 그의 고향에 흐르는 라 소르그강은 유기체적 자연관을 바탕으로 한 관계적 의미들의 수원지가 된다. 일테면 시인은 라 소르그강에 되비치는 태양과 대지에서, 강렬한 생명력뿐만 아니라 "불안"과 "떨림"을 함께 읽고 별빛으로부터는 빛이 아니라 "어둠"의 의미를 되새기게 된다. 따라서 샤르의 라 소르그는 현대 문명 속에서 하나의 시류가 된 듯한 맹목적인 자연 예찬 혹은 친환경주의에서 벗어난다. 샤르의 강은 삶의 저점을 통과해 가는 매우 위태로운 존재들까지 건사하면서 개인적 차원과 지역적 한계를 넘어 세상의 모든 곳에 편재하는 관계의 참다운 가치를 일깨우는 명경(明鏡)이 된다. 타자에 대한 배려와 염려를 전경화하는 그 명경은 자연 앞에서 자부해 왔던 우리의 명민함과 진실들이 얼마나 허약하고 편파적인가를 되짚어 준다. 이러한 샤르적인 노정은 불완전성에 대한 인식으로부터 자연과 인간과의 필연적인 공존을 이끌어 냈던 쉬페르비엘의 서정과 연동된다. 인간이 상호 간의 전쟁 억제 논리를 앞세워 설치한 핵미사일 기지의 겨울 언덕에서 도리어 구체적인 생명력의 순환들을 조근조근 발견하는 것은 아마도 그 시인들이 같이 누릴 수 있었던 고유한 장소적 경험일 것이다. 샤르는 그 장소에 "유년의 액자" 하나를 걸어 놓는다.

> 포도주와 라벤더 향기로운 어느 길, 우리는 유년의 액자 속을 나란히 걸어갔다. 서로가 서로에게 사랑받고 있음을 모른 체하며. [⋯] 공간이란 영원히 반짝이는 절대적인 유예, 초라한 반전에 지나지 않는 것일까? 하지만 나 이렇게 예언적으로 그대의 지나온 삶을 단언하리라. 그대 안녕과 내 고통 사이에 패인 고랑이 눈부시다고. (OC:251~252)

4. 저항의 포-에티크: 르네 샤르에서 이육사로

프랑스의 시인 르네 샤르(1907~1988)와 한국의 시인 이육사 (1904~1944)는 같은 시대를 살았다. 하지만 그들이 서로 만났 다거나, 상대의 작품을 읽어 보았다는 이야기는 없다. 조금 전문적으로 말해 보자면, 그들 사이에는 비교 문학의 기초적 근거가 될 수 있는 상호 간의 실증적 영향 관계가 부재한다. 하지만 "대비 연구"의 범위를 실증적 영향 관계의 규명만으 로 한정시킬 필요는 없다.* 두 작가를 비교함으로써 각각의 작품 세계의 특질과 가치가 제대로 드러날 수 있다면, 또한 동서양의 공간을 뛰어넘어 '저항시'라는 주제를 대비(對比)하 는 새로운 개진이 이루어진다고 한다면, 그러한 전제들은 두 시인을 함께 짚어 보는 까닭이 된다.

언어나 국가를 연구 대상의 장벽으로 생각지 않는 오 늘날의 시점에서, 두 시인은 각각 나치와 일제의 압제에 맞 서 시를 썼던 당대의 대표적 저항 작가들로 평가받는 유사성 을 지닌다. 뿐만 아니라 샤르는 레지스탕스로서, 육사는 독립

---

*   "한국 문학을 서구 문학과의 관계에서 검토하고자 할 때 사실 관계에 입각한 영향의 관계로 환원되지 않는 이른바 '대비 연구'의 가능성을 충분히 검토할 필요가 있다. 다시 말해서 서로 영향 관계에 놓여 있지 는 않지만 상상력이나 형식적인 측면에서 유사성을 보여 주는 작가나 작품들을 서로 비교하여 그 유사성과 차이를 밝히는 일련의 작업이 필요할 것이다."(이건우 외, 2009:12)

투사로 활동하면서 자신들의 저항시에 담긴 시대정신을 혹은 어떤 시적인 불가피함을 삶으로 선취한 드문 경우에 해당한다.

　샤르는 알렉상드르라는 가명으로 프로방스 지역의 레지스탕스 활동을 지휘하다가 허리와 눈에 치명적인 부상을 당한다. 이는 그가 말년에 실명하는 원인이 된다. 본명이 원록(源祿)인 육사는 자신의 수인(囚人)번호인 264를 아호로 선택하고 일제통치에 저항하다, 나이 마흔에 중국 북경에서 옥사한다. 이러한 삶의 이력은 서로 차이가 있겠으나 각각의 작품 세계 전반에 걸쳐 영향을 미치게 된다. 그리고 그들의 저항적 노정은 포-에티크(Po-éthique)라는 신조어가 지닌 의미를 짚어 보게 한다.

　프랑스의 시학자 장클로드 팽송(Jean-Claude Pinson)은 『피아티고르스크, 시에 대하여』라는 저작에서 '포-에티크'의 의미를 제시한다. 이는 시를 온전하게 어법의 문제로 풀어나가는 문자주의(Lettrisme)에서 벗어나 시와 현실, 시와 삶을 따로 보지 않는 윤리적 시점에서 비롯된다. 따라서 팽송은 '시적 경험'을 가능케 하는 글쓰기를 이렇게 요약한다. "글쓰기 행위의 궁극은, 간략하게 표현하자면, 무엇보다 미학적 회귀가 아니라 윤리적, 그리고 실존적 회귀에 대한 기대

에 있다."(Pinson, 2008:58) 이러한 윤리적 시각은 팽송의 '새
로운 서정주의'(Néo-Lyrisme)의 선언을 기초한다.* 팽송은 새
로운 서정주의가 "무엇보다 '정취'(tonalité affective)의 소통
이며, 삶의 가장 꾸밈없고, 가장 '진정한' 기질을 가리키는 순
수한 익명적 '감각'의 소통"(Pinson, 1995:215)을 이룬다고 본
다. 오늘날 시 텍스트 안에서 삶과 현실의 몫을 가늠해 보는
일은 문학 전통의 낡은 유산으로 비춰질 수 있다. 이를테면
텍스트를 작가의 삶뿐만 아니라 그 시대적 맥락으로 연결시
키는 작가론 및 작품 바깥의 자료체 개입에 대한 오래된 반
성,** 현실과 그에 따른 실존적 의식을 해체 혹은 방기(放棄)

---

*　　프랑스의 새로운 서정주의에 대한 괄목할 만한 연구는 정선아의 「해
　　체 시대의 서정: 프랑스와 한국 현대시의 서정 논의를 중심으로」(『프
　　랑스문화예술연구』 제34집, 2010)가 있다.

**　　주지하다시피, 이러한 반성을 통해 텍스트는 텍스트 자체로 이해되어
　　야 한다는 텍스트주의 분석이 생겨났다. "(프랑스에서) 1960년대 말부
　　터 급속도로 번지기 시작한 텍스트주의 분석, 언어학적 분석의 풍요
　　로운 이론들은 특히 현대시를 이해할 수 있는 하나의 비전을 열어 주
　　고 있다. 그리고 이러한 비평적 담론에 잘 적용될 수 있는 시들이 때를
　　같이하여 생산되어 왔다는 것은 공생 논리처럼 당연한 일인지도 모른
　　다."(이찬규, 1999:89~90) "지난 20년 동안 구조주의와 형식주의의 영향
　　아래, 시 작품은 흔히 자체 세계에 폐쇄되어 있는 언어 공간처럼 여겨
　　왔다. '텍스트의 폐쇄성'에 대한 생각은 방법론적 차원에서 긍정적인
　　역할을 담당할 수 있었다. 텍스트를, 오직 텍스트만을 연구한다는 것
　　은 모든 비평 단계에 필요한 모멘트이며, 이러한 금욕 정신은 문학 분

하는 언어적 방식을 "긍정적인 징후"로 읽으려는 일군의 '미
래파적 경향'도 그러한 예일 수가 있다(이경수, 2007:60). 이
에 반해 '포-에티크'의 개념은 언어가 필연적으로 주체와 세
계로 이어지는 실존적 관계 설정으로부터 비롯된다. 이는
"시를 통한 삶의 회복"을 지향하는데, 그러한 지향점은 한편
으로 레지스탕스 운동과 독립 운동의 구체적 경험이 녹아 있
는 샤르와 육사의 '저항시'에 대한 의미와 가치를 재발견하는
단서가 된다.

　　샤르와 육사의 시는 "언어적 세련성"을 자발적으로
방기한 일부의 저항시와는 다른 특성이 있다. 그러니까 저항
시라는 범주 이전에 시의 존재 이유에 대해서 숙고했다. 스
튜어트 휴즈(Stuart Hughes)는 레지스탕스 문학 속에서 '언어
적 세련성'에 대한 문제를 이렇게 요약한다.

　　석의 도구들을 다듬을 수 있게 했다. 그러나 이러한 작업 가설과 독서
　　의 가설은 점차 글쓰기에 대한 진정한 명제가 되었는데, 그에 따르자
　　면 텍스트는 텍스트 자체에 대해서만 말한다는 것이다. 사람들은 시
　　적 기능에 대한 야콥슨의 정의(스스로를 가리키는 전언(傳言)의 자기 지
　　시로 본다)를 시의 속성에 대한 정의로 잘못 받아들임으로써, 어떤 주
　　체나 대상에 대한 지시작용을 전적으로 시 작품에서 배제시켰다."(콜
　　로, 2003:7)

레지스탕스의 관점으로 보면 언어적 세련성이란 의심스러
운 여운을 가진 것이었다. 그것들은 세계의 비참과 사회적
갈등을 부드러운 표현 속으로 숨기는 것으로 보였다. 레지
스탕스의 글은 전쟁의 고통으로 드러난 인간의 실체를 잔인
하고 공포스럽게 재현하는 것이었다. (휴즈, 2007:179)

　샤르와 육사의 저항시는 "부드러운 표현"과는 거리가
멀다. 그리고 "인간의 실체를 잔인하고 공포스럽게 재현하는
것"과는 거리가 더 멀다. 게다가 정도의 차이가 있지만, 그들
은 '저항시'의 어떤 이데올로기가 시의 속성인 언어 고유의
힘을 억압하는 결과로 나타나는 것을 경계했다. 샤르와 육사
의 시에는 '문자주의'를 넘어서는 윤리적 지점이 현존한다.
이러한 윤리적 지점은 "레지스탕스의 특징적인 언어였던 애
국적 호소와 이념적 호소"(휴즈, 2007:187)를 넘어서는 저항시
의 서정을 또한 일구어 낸다. 이는 그들의 시가 서로 다르면
서도 '포-에티크'의 측면에서 재조명될 수 있는 까닭이 된다.
그들이 보여 준 서정의 자질은 적(敵)에 맞서 선(善)을 확신
하는 것이 아니라 확신하는 삶이 과연 무엇인지 되묻는 과정
에서 비롯된다. '포-에티크'에서의 '윤리'는 선이 아니라 먼저
삶의 진실과 관련된다.

이러한 관점들을 포섭하는 샤르와 육사의 시는 크게
두 가지 측면으로 읽힌다. 압제와 그것에 맞선 작가의 저항
정신, 그리고 그것들을 초극하는 저항의 서정성이 어떻게 시
에서 발현되는지에 대해 헤아려 볼 필요가 있다. 그러니까
그들의 자연에 대한 남다른 인식 또한 시사적이다. 샤르와
육사의 작품 속에는 자연에 대한 '도원'(桃園)적 이상화, 그리
고 그렇게 실재성을 상실한 '매트릭스'적 자연에 반(反)하는
리얼리즘적 경계의식을 발견할 수 있다. 자연을 찰나적 위안
의 대상으로 삼지 않고 자연 속에서 도리어 인간이 감내해야
하는 고통의 기원을 발견하는 두 시인의 자연관은 '포-에티
크'적 측면에서 의미가 깊어진다.

마르티(Marty)는 「문학과 정치」라는 논문에서 샤르의
시 세계를 다룬다. 즉, 샤르의 시가 초기 시절에는 무의식적
충동과 초현실주의적 세계를 얼마간 보여 주기도 했지만, 그
의 시적 근거는 당대의 다른 시인들보다 특히 더 현실적 삶
의 체험에 기대고 있다고 역설한다.

그중에서도 1948년에 간행된 시집 『분노와 신비』에는
항독 투쟁을 전개했던 레지스탕스 시절의 체험이 담겨 있다.
당시 폴 엘뤼아르, 루이 아라공 등이 저항 신문과 전단을 통

해 희망과 해방을 노래하는 시들을 발표했던 반면에, 샤르는
여러 편의 글을 썼음에도 불구하고 문학적 활동에는 참가하
지 않는다. 때문에 1943년 7월 14일 '미뉘' 출판사에서 비밀리
에 출간되었던 대표적 항독 투쟁 시집인 『시인들의 영광』에
서도 샤르의 작품은 발견할 수 없다. 이 시집에는 엘뤼아르,
아라공뿐만 아니라 미셸 레리스, 피에르 에마뉘엘, 로이스 마
송, 외젠 기유빅, 장 타르디유, 앙드레 프레노 등의 저항시들
이 실려 있다. 반면에 르네 샤르는 전쟁이 끝나고 나서야 자
신의 글을 지면에 발표한다. 그러니까 자신의 글이 레지스탕
스 문학으로 한정되는 것을 원하지 않았기 때문이었다. 달리
말하면, 샤르는 레지스탕스 기간 동안 체험했던 실존의 순간
들이 일종의 '숭배의 대상'*이 되는 것을 경계했다.

　　닷새 밤 동안 계속된 경계로 기진맥진한 프랑수아, 나에게
　　말한다. "제 군도(軍刀)를 기꺼이 커피 한잔과 맞바꿀 수 있
　　을 거예요!" 프랑수아는 스무 살이다. (OC:197)

*　"프랑스에서는 레지스탕스의 기억이 적어도 서유럽 대륙의 그 어느
　곳 못지않게 열렬히 기념되었다. 그것은 하나의 숭배였고, 그 뒤를 이
　은 현실에 부닥쳐 그 주요 모습들이 녹슬어 버리긴 하지만, 소렐식의,
　사회적 신화였다."(휴즈, 2007:180)

　　인용문은 시집 『분노와 신비』에 수록되어 있는 「히프
노스의 단장」 중 하나이다. 알베르 카뮈에게 헌정된 「히프노
스의 단장」에는 샤르가 1943년부터 두 해 동안 번호를 매겨
쓴 237개의 글들이 있다. 위의 인용문에도 89라는 번호가 매
겨져 있다. 그런데 그 두 해는 샤르가 프랑스 동남부에 위치
한 바스잘프 지방의 낙하산 부대 착륙 지역을 책임지는 레지
스탕스 지휘관으로 활동했던 기간이기도 하다. 샤르는 하늘
을 오랫동안 감시하는 경계 임무를 수행하는 동안 태양에 눈
이 크게 상한다. 이는 샤르가 말년에 시력을 잃고 마는 결정
적 원인이 된다.

　　　　인용문에 등장하는 프랑수아는 당시 레지스탕스 일
원으로 활동했던 실제 인물로 사료된다. 샤르 시 작품의 남
다른 요소들 중 하나는 상당한 수의 구체적이고 개별적인 인
명들이 등장한다는 점이다. 전후 맥락이 생략된 채 어떤 상
황의 환기적 방식으로 인명들이 등장하는 경우가 상당한데,
거의 대부분은 세간에 알려진 유명 인물들이 아니다. 요컨대
그의 고향에서 땅을 일구어 살아가는 사람들, 혹은 '프랑수
아'와 같이 레지스탕스 운동에 참가했으나 역사 속에서 사라
진 무명의 인물들이다. 게다가 프랑수아는 어떻게 보면 전시
중의 군법감에 해당하는 인물이다. 자신의 군도를 커피 한잔

과 기꺼이 바꾸겠다고 하기 때문이다. 그러니까 샤르는, 카뮈의 표현을 빌리자면, "역사를 만드는 사람"이 아니라 "역사를 겪는 사람"에게 주목했다.

저항과 싸움의 상징물이자 실제성인 '군도' 대신 한잔의 커피가 삶에 있어서는 중요하다는 것, 이는 '숭배의 대상'이 된 대다수 저항 작가들의 시에서 발견하기 어려운 샤르식의 윤리적 관점을 보여 준다. 1944년 프랑스 해방 정부가 샤르를 부역자 및 전범 재판소의 최고위원으로 위촉했을 때 이를 단호하게 거부하고 귀향한 시인의 전기적 일화는 시사적이다. 이러한 윤리성은 삶의 평범한 가치가 적에 대한 분노와 그에 따른 저항시의 경향적 메시지보다 우선되어야 한다는 사유와 연결된다. 레지스탕스 체험을 바탕으로 한 그의 글쓰기 속에는 절박하지만 성마르지 않고, 믿음이 있지만 너무 확신하지 않는 구석이 있다. 레지스탕스의 지휘관으로서 당대의 시인들 중 가장 최전선에서 나치와 싸웠지만, 그의 글쓰기에는 일방적인 분노가 유예되어 있다. 이 부분에서「히프노스의 단장」이 수록되어 있는 시집의 제목이 『분노와 신비』라는 점을 재차 상기해 볼 필요가 있다. 샤르는「히프노스의 단장」의 또 다른 장에서 이렇게 쓰고 있다.

시인은 말씀의 성층권에 오래 머물 수 없다. 그는 새로운 눈물 속으로 똬리를 틀어야 할 것이며 그의 법칙 안에서 좀 더 앞으로 뻗어 나가야 할 것이다. (OC:180)

　몰푸아는 「히프노스의 단장」이 표명하는 중심 주제를 이렇게 요약한다. "작품집의 이 부분은 시에 대한 사유와 인간적 실존에 대한 성찰들이 가장 긴밀한 연대를 이루고 있다. 또한 거기에는 시의 운명이 다루어진다."(Maulpoix, 1996:24) 그중에서도 특히, 인용된 「히프노스의 단장」은 샤르가 다른 저항 시인들과는 달리 항독 관련 지면들에 자신의 글을 싣지 않은 까닭을 아포리즘적 방식으로 말해 주고 있는 듯하다. 요컨대 "말씀"(Verbe)보다 행동이 필요할 때 말씀을 멈추는 것, 바로 시인의 첫 번째 행동일 것이다. 그 행동은 나치가 일으킨 세계대전과 억압의 시간에 맞서 시작된다. 시「꾀꼬리」는 그 시간이 "모든 것이 영원히 종말을 알리는" 때임을 전언한다. 그런데 이제 더 이상 시를 쓸 시간이 충분치 않음을 고하듯 짤막한 세 줄로 쓰인 시는 제목 밑에 "1939년 9월 3일"이라는 날짜를 적시하고 있다. 바로 나치가 폴란드를 침공하며 세계대전을 일으킨 날이다.

1939년 9월 3일

꾀꼬리는 여명의 수도로 찾아들었다.
그 노래의 칼이 슬픈 침대를 닫았다.
모든 것이 영원히 종말을 알렸다. (OC:137)

시인은 꾀꼬리의 노래조차 "칼"이 되는 비극이 도래
했음을 예감한다. 그때 시인의 노래는 어떻게 현존해야 하는
가? 이러한 물음은 시인 이육사에게도 온전하게 적용된다.
현재까지 발견된 육사의 시 작품들은 40편 정도로 가늠된다.
샤르에 비한다면 비교하기 어려울 만큼 과작(寡作)이다. 하지
만 그의 거의 모든 문필 활동이 일제 총독부 학무국의 감찰
대상이었다는 점을 간과해서는 안 된다. 시뿐만 아니라 문화
비평, 시사평론 등 그의 많은 글들이 세상의 빛을 보지 못하
고 기관에 의해 사전 검열되고 압수되었을 것으로 추정된다.
그의 작품 중에서도 「말」이라는 제목의 시는 비교적 세간에
잘 알려진 작품이 아닐 뿐만 아니라 논자들 사이에서도 소홀
히 다루어진 경향이 없지 않다. 하지만 이 작품은 민족의 비
극적 상황과 밀착된 시인의 결기가 헤아려지는 서시이다.

흐트러진 갈기

후주근한 눈

밤송이 같은 털

오! 먼지에 지친 말

채찍에 지친 말이여!

수굿한 목통

축처-진 꼬리

서리에 번적이는 네 굽

오! 구름을 헤치려는 말

새해에 소리칠 흰말이여! (시전집:25)*

　「말」은 지금까지 알려진 이육사의 첫 작품으로, 1930년 1월 3일 이활(李活)이라는 필명을 통해 『조선일보』에 발표되었다. 즉, '신년축시'(新年祝詩)이다. 제목이 「말」이자 본문에 "흰말"이 등장하는 것은 1930년인 경오년(庚午年)이 백말 띠의 해였기 때문일 것이다. 그런데 '신년축시'라고 치부하기

---

*　　다른 지시 사항이 없는 한 이육사의 작품은 『원전주해 이육사 시전집』(이육사·박현수, 예옥, 2008)에서 인용했다. 이하 '시전집'으로 표기했으며, 숫자는 책의 '쪽수'를 가리킨다.

에는 말에 대한 부정적 정조가 거의 시 전체를 지배하고 있다. 총 10행 중 8행이 말이라는 동물, 혹은 말띠의 해라는 관념적으로 표상되는 시간의 고난과 고통을 환기하고 있기 때문이다. "흐트러진", "후주근한", "수굿한" 등의 형용어들은 생기 없는 말의 모습을 반영한다. "축처-진"이라는 형용어는 가운데 붙임표가 들어가면서 '처진'의 의미를 한층 더 다진다. 게다가 "먼지에 지친", 그리고 "채찍에 지친"이라는 표현들은 말이 얼마나 오랜 시간에 걸쳐 고난과 고통을 감내하고 있었는지를 온전하게 보여 준다.

샤르의 시에서 검(劍)이 된 "꾀꼬리"의 노래가 '모든 것이 영원한 종말을 고하는' 나치의 침략적 상황을 표상한다면, 신년축시임에도 불구하고 육사의 첫 작품에 지배적으로 등장하는 "지친 말"은 일제강점기의 절망과 환난을 표상할 것이다. 경오년 백말띠의 해, 첫 시를 발표한 육사의 나이 스물일곱이었고, 일제강점기가 20년째 지속되던 때였다. 육사는 신년축시 「말」을 발표하고 나서 일주일 후인 1월 10일, 대구청년동맹의 간부로서 비밀독립운동을 한 혐의를 받고 재차 구속된다.**

**   『중외일보』, 1930년 1월 21일 자 기사 참조.

이 시가 신년축시라고 가늠할 수 있는 '희원의 메시지'는 마지막 두 행을 통해 비로소 등장한다("오! 구름을 헤치려는 말 / 새해에 소리칠 흰말이여!"). 비상(飛上)하는 말은 인류의 상상력 속에서 희망을 표상하는 상투성이다. 하지만 시인의 말은 드넓은 창공에서 자유를 구가하는 것이 아니라 "구름"이라는 극복할 대상과 여전히 맞선다. 따라서 "새해에 소리칠 흰말"이, 새해가 되었음에도 불구하고, 앞에서 말의 심상을 지배하던 고난과 고통으로부터 벗어나 있지 않음을 그 "구름"이 강하게 암시하고 있다. 때문에 창공으로 비상하는 흰말의 '소리침'은 소망의 강도에 비례해서 한층 절박하다. 게다가 미래형 어미로 끝나는 '소리치다'의 행위 속에는 시인의 의지가 온전하게 투사된다. "소리칠 흰말"은 소리를 내거나, 울음소리를 내는 말의 일반적 행위와는 엄연히 다르다. '소리치다'의 행위 동사에는 의지적 구현, 즉 '부르짖다', '일갈하다', '부르다', '환호하다'와 같은 어의소가 들어 있기 때문이다. 「말」 이후 동물의 소리침, 포효, 혹은 신음과 같이 자연의 청각적 신호가 시인을 각성케 하는 강력한 계기로 작동되는 것을 육사의 시에서 지속적으로 발견할 수 있다. 가령 「해조사」(海潮詞)에 등장하는 사자의 경우도 그러하다.

이 밤에 날 부를 이 없거늘! 고이한 소리!
광야를 울리는 불맞은 사자의 신음인가?
오 소리는 장엄한 네 생애의 마지막 포효!
내 고도의 매태 낀 성곽을 깨트려다오! (시전집:52)

　　앞의 글에서 「말」을 육사의 서시(序詩)로 간주한 것은
그것이 시인의 첫 번째 발표작이라는 서지학적 맥락보다는
앞으로 시인의 언어가 시대 상황과 맞물려 어떻게 전개될 것
인가를 보여 주기 때문이다. 이 부분에서 "말"이라는 기표의
다의성을 기초로 하는 '자발적 오독(誤讀)' 또한 가능해진다.
요컨대 지친 말[馬]은 ("오! 먼지에 지친 말 / 채찍에 지친 말이
여!") 암울한 시대 상황 속에서 시인의 말[言]에 대한 새로운
각오와 전망("오! 구름을 헤치려는 말 / 새해에 소리칠 흰말이
여!")을 나타내는 이중적 의미로 읽힐 수 있다.
　　이러한 이중적 의미는 샤르가 전쟁 동안 지켜 나갔던
말[言]에 대한 엄정한 절제정신을 상기시킨다. 샤르가 「히프
노스의 단장」에서 표현하고 있듯이, 시인은 "말씀의 성층권
에 오래 머물 수 없"는 상황적 진실과 직면한다. 그리고 그 진
실은 말에 대한 유예를 넘어 육사의 "새해에 소리칠 흰말" 혹
은 샤르의 "새로운 눈물"과 같이 시인의 고투, 즉 현실의 반

영이 아닌 행동하는 고투로 옮겨 간다.

　　이육사는 생전에 자신의 시집을 출간하지 않았다. 그는 일제강점기의 상황에서 항일 투쟁을 하다가 체포되어 옥사(獄死)한 첫 번째 시인이었다. 덧붙이면, 이와 같은 길을 간 우리나라의 두 번째 시인은 윤동주였다. 육사나 동주는 자신의 시들을 결국 유고집의 방식으로 남겼다. 그러니까 생전에 자신의 책을 출간하는 일을 할 만한 여력이 없었기 때문일 것이다. 시인은 압제의 시절 동안 "한발 제겨디딜 곳조차 없"는(「절정」, 시전집:110) 강파른 실존의 시간 속에 있었다. 그러니까 시인은 매순간 '여력' 대신 '행동하는 고투'를 선택함으로써 실존했을 것이다.

　　이러한 선택의 윤리적 맥락은 샤르에게 있어서 보다 더 확연해진다. 샤르는 약 4년(1940~1944)에 걸친 나치의 프랑스 점령기 동안 자신의 작품집을 출간하지 않았다. 그는 당시 저항 운동을 표방하는 지면에서조차 시를 발표하지 않았다. 보엘미(Jean Voellmy)에 따르면 나치강점기는 프랑스 시인들이 도리어 최고의 전성기를 구가하던 때였다. "저항과 복수"를 촉구하는 그들의 저항시들은 전단지에 인쇄되어 프랑스뿐만 아니라 유럽 곳곳에 뿌려졌다. 게다가 "모호한 표현"(termes voilés)을 통해 언론에 가해진 검열을 피해 갈 수도 있었기 때문이었다. 파리에서 초현실주의 시인으로 이름이 이미 알려진 샤르에게도 수차례에 걸쳐 원고청탁이 들어왔지만, 그는 이러한 "생산"을 시인들이 지닌 일종의 "노출증"으로 폄하하면서 분명하게 반대의사를 밝힌다(Voellmy, 1989:60). 샤르는 대신 행동하는 고투를 선택한다.* 그는 그 고투의 절대적 긴장의 순간을 다음과 같이 말한다.

> 두렵지 않아. 단지 현기증이 있을 뿐이야. 적과 나 사이의 거리를 줄여 나가야 해. 그와 수평으로 맞서야해. (OC:186)

이 짧은 글은 적 앞에서 결코 물러설 수 없는 상황을 집약하고 있다. 하지만 이러한 상황의 진술은 저항시들이 자칫 빠지기 쉬운 이데올로기적 메시지 혹은 "복수를 촉구하는 구호"와는 다르다. 게다가 마치 무전을 치듯이 "두렵지 않아. 단지 현기증이 있을 뿐이야"라고 짧게 이어지는 진술의 화

---

* 1941년 샤르는 레지스탕스 활동을 하기 위해 산으로 들어가기 전, 마르세유 항구에서 우연히 당시 파리의 문단을 대표하며 초현실주의 운동의 대부였던 앙드레 브르통을 만났다. 브르통은 피신을 목적으로 미국행 배를 기다리고 있었다. 그는 미국에서 프랑스 해방을 위한 언론 활동을 펼쳤다.

자는 영웅적 행위로 말미암은 "숭배의 대상"과도 거리가 멀
다. 다만 여기에는 물러설 수 없는 상황적 진실만이, 마치 육
사의 "한발 제겨디딜 곳조차 없"는 실존의 시간처럼, 진술되
어 있다. 그 진술은 "적"과 "나" 사이에서 무엇이 옳은 것인지
이야기하지 않으며, 어떤 이데올로기적 층위로 사람을 끌고
가지도 않는다. 그럼에도 수사학적 효과를 모두 걷어내 버린
그 날것 그대로의 진술이 옳게 들리는 것은 죽음과 삶을 동
시에 마주하는 실존의 시간을 획득하고 있기 때문이다. 이러
한 실존성은 육사의 「절정」(絶頂)으로 가닿는다.

> 매운 계절의 채찍에 갈겨
> 마침내 북방으로 휩쓸려오다
>
> 하늘도 그만 지쳐 끝난 고원
> 서릿발 칼날진 그 위에 서다
>
> 어데다 무릎을 꿇어야 하나?
> 한발 제겨디딜 곳조차 없다
>
> 이러매 눈감아 생각해 볼밖에

겨울은 강철로 된 무지갠가 보다. (시전집:110)

1940년 『문장』에 발표된 「절정」은 지금까지 숱한 논자들의 연구 대상이 된 육사의 대표작이다. 시대적 상황과 전기적 사실들이 얼마간 비중의 차이는 있어도 지금까지 이 시의 해석적 근간이 되어 왔던 것은 분명하다. 박두진의 다음과 같은 해석은 그러한 외재적 접근의 골자가 된다. "이 사행이연(四行二聯)이야말로 한민족이 그때 당하던 일제에 의한 식민지 통치의 가혹한 정황을 그대로 묘파한 놀랍고도 정확한 표현이 아닐 수 없는 것이다. 이 넉 줄에 일정 삼십육 년전 기간의 상황이 압축돼 있고, 그 정황이 상징돼 있다."(박두진, 1971:108)

그러니까 시의 첫 행부터 등장하는 "매운 계절"은 "일제의 탄압을 의미"(이남호, 1986:175)하고, 시 「말」에서도 고난을 환유하던 "채찍"은 "육사를 고문하던 관헌의 채찍이며 일본 군국주의의 학정 그 자체"(김영무, 1995:191)로 해석할 수 있다. "북방"이라는 단어의 "그 차가운 어감이 비극성을 강조"(이남호, 1986:175)한다는 점에서도 대체적으로 이의가 없다. 하지만 '일제의 탄압'이라는 교과서적 해석에 일단 올라타면 모든 의미 풀이가 너무 안이하게 흘러가 버릴 수도 있

다. 요컨대 「절정」은 일제의 탄압으로 풀이되는 그 극단적 고
통이 자연의 웅대함과 역설적으로 통합됨으로써 시인이 가
동하는 고투(苦鬪)가 매우 근원적일 것이라는 또 다른 생각을
열어 준다. 시인의 고투는 박두진이 지적한 대로 "일정 삼십
육 년 전 기간의 상황이 압축"된 것일 수도 있지만 '대자연'이
라는 원심력을 바탕으로 그 이상의 드넓은 시공간적 크기로
확장될 수도 있다.

이러한 관점은 항독 투쟁 동안 감내해야 했던 시인의
고투를 하나의 점화(點火) 행위로 보는 샤르의 시적 윤리와
연결된다. 왜냐하면 그 행위는 '지금 여기서'가 아니라 무한
히 확장되어 점화의 주체자도 가늠할 수 없는 그 어딘가에서
발화하기 때문이다.

> 당신이 자신의 램프에 성냥을 가까이하면 불이 붙은 것 빛
> 나지 않으리. 멀리, 당신으로부터 그렇게도 멀리서 그 원
> (圓)은 환하여지리. (OC:203)

게다가 「절정」의 윤리는 시인이 겪었던 일제의 탄압
과 만행을 단순하게 고발하는 것이 아니라 시인이 선택해
서 겪게 될 미래적 시간과 의지를 강렬하게 추동하고 있다

는 점에서 발생한다. 1943년 4월, 즉 「절정」을 발표하고 나서 3년 후 육사는 북경으로 건너가면서 본격적인 항일 투쟁의 길을 선택한다. 시에 등장하는 "북방"이라는 공간이 박두진의 지적처럼 구체적으로 중국 지역을 의미한다면(박두진, 1971:108), 시가 시인이 미래에 감내하게 될 의지와 결단을 이미 선취하고 있다고 볼 수 있다. 하지만 이러한 시에 따른 시인의 행로는 극한 상황과의 대결의지 속에서 더욱 확연해진다. 우선 육사가 무장 투쟁까지 결심한 1943년을 전후로 항일 투쟁을 했던 숱한 문인들이 변절했음을 상기할 필요가 있다. 당시 문단을 대표하고 '독립선언문'을 기초했던 항일 작가들마저 일본의 승리를 확신하고 조선 청년들의 일본군 지원을 전국 순회까지 하면서 독려했음은 널리 알려진 사실이다. 때문에 1940년에 발표된 「절정」은 일제의 탄압에 대한 추상화된 의식이라기보다는 가장 어려운 시기에 시인의 의지와 행동을 추동하는 예지적 작품이다. 시(詩)도 하나의 체험이라면, "체험된 것은 체험되어야 할 것에 참여해야 한다"(Collot, 1989:56)는 의지가 「절정」이 포괄하고 있는 하나의 시적 윤리일 것이다. 그 체험된 예감은 자연을 아름답게 노래함으로써 현실을 망각하는 목가적 태도에 반(反)하는 방식으로 자연화된다.

하늘도 그만 지쳐 끝난 고원
서릿발 칼날진 그 위에 서다

어데다 무릎을 꿇어야 하나?
한발 제겨디딜 곳조차 없다

이러매 눈감아 생각해 볼밖에
겨울은 강철로 된 무지갠가 보다. (시전집:110)

　　따라서 「절정」의 공간은 "북방" → "고원" → "칼날 위"
로 좁혀지면서 시인이 맞서야 하는 가장 예리한 실존적 지점
을 점층적으로 그려 낸다. 그곳에는 자연의 혹독한 시간, 즉
"시인을 죽음으로 몰고 가는 상황의 표상"(오세영, 1981:272)
이 되기도 하는 "겨울"이 시인을 기다리고 있다. 시인은 그
"겨울" 속에서 "강철로 된 무지개"를 쏘아 올린다. 하지만 무
지개의 비현실적 초월성은 잠시 위안을 주겠으나 그 위안은,
순간적으로 존재했다 사라지는 무지개처럼, 궁극적으로 무
력하다는 것을 시인은 또한 알고 있다. 그런데도 그의 "강철
로 된 무지개"는 무력함을 극복하려는 현실적 의지의 자연화
라고 할 수 있을 것이다.

자연은 자연예찬론자들의 소망처럼 선하거나 편안하지 않다. 다만 자연은 "강철로 된 무지개"가 표상하는 강건함처럼 모든 시대와 시절들을 지나 사라지지 않고 지속된다. 때문에 육사의 시에 나타나는 현실적 고통과 그것을 극복하려는 의지가 매우 빈번하게 자연의 광활한 형상들과 통합되면서 표상하는 지속적 시간성은 의미가 깊다. "체험된 것은 체험되어야 할 것에 참여"하듯이, "절정"의 순간은 마침표와 같은 것이 아니라 영원한 지속성의 지평에서 체험되어져야 할 시인의 가열한 의지이다.

　　나치의 점령기간 동안 쓴 샤르의 「히프노스의 단장」에는 앞에서 언급한 램프의 작은 불빛, 즉 미지의 먼 지점에서 다시금 환하게 밝아 오는 불빛뿐만 아니라 또 다른 다양한 '불빛'들이 시대적 상황 속에서 고투하는 시인의 의미를 대변한다. 그중 하나가 레지스탕스의 은신처 벽에 걸려 있는 그림 속 촛불의 이미지이다.

　　내가 일하는 장소의 석회벽 위에 꽂아 두었던 조르주 드 라 투르의 채색 복사화 「수형인」(受刑人)은, 시간이 지남에 따라, 우리의 상황 속에서 그 의미를 투영하는 듯하다. 그림은 심장을 옥죄면서도 또한 얼마나 갈증을 풀어 주는가! 이태

전부터, 문을 지나며, 그림 속 촛불의 증거들에 눈이 뜨거워
지지 않은 저항인은 없었다. 여인은 새겨 말하고, 유폐된 자
는 듣는다. 붉은빛 천사의 지상의 실루엣으로부터 떨어지는
말[言]들은 근원적인 말들이며, 즉각적 구원을 지닌 말들이
다. 지하 독방 깊은 곳, 빛을 밝힌 기름의 시간들 속에서 앉
아 있는 자의 묘선(描線)은 당겨지다 아득해진다. 시든 쐐기
풀 같은 그의 수척함, 나는 그 수척한 자를 떨게 하는 옛일
을 알지 못한다. 그의 밥사발은 깨져 있다. 하지만 부풀어
오른 여인의 옷이 문득 지하 독방 전체를 가득 채운다. 여인
의 말씀은 어떤 여명보다 더 뜻밖의 것을 낳는다.
인간적 존재들과의 대화를 통해 히틀러의 어둠을 이겨 내는
조르주 드 라 투르에게 감사. (OC:218)

17세기의 화가 조르주 드 라 투르(Georges de La Tour,
1593~1652)의 복사화는 샤르가 "일하는 장소"에 있다. 시인은
그 "장소"에서 무엇을 했나? 몇 개의 전기적 자료를 참고하면
그곳은 바스잘프 지역에 있던 레지스탕스 단원들의 근거지
였다. 그 "일하는 장소"에서 샤르는 시인이기 전에 레지스탕
스였다. 파리가 해방되기 전까지 그는 레지스탕스 동료들에
게 자신이 시인임을 밝히지 않았다. 직속상관이었던 앙리 페

리 대령은 그의 가방에서 우연히 시집을 발견하고 의아해했
다. 투사로서의 찬찬한 자기변신은 이육사뿐만 아니라 다른
저항 시인들과도 뚜렷하게 대비되는 경우다. 하지만 그것은
애국심과는 다른 문제일 것이다. 「히프노스의 단장」 전체에
'민족', '역사', '정의'와 같은 거대 담론적 용어들이 드문 까닭
도 그러한 점에 있다. 대신 전선에서의 그의 결기와 행동으
로의 온전한 투신은 다음과 같은 짤막한 글귀에서 발견된다.

> 상상적인 부분을 뒤로 미루는 것, 그것 또한, 행동일 수 있
> 다. (OC:180)

샤르의 투쟁은 애국심이나 윤리적 이분법(선/악, 협
력/저항, 지배/피지배)으로서가 아니라 인간이 살기 위해 먼
저 필요한 것이 무엇인지를 아는 것과 연결되어 있다. 삶의
필요성에 대한 인식은 레지스탕스 동료가 자신의 군도를 기
꺼이 커피 한잔과 맞바꾸고 싶어 하는 욕망을 온전하게 수긍
하도록 한다. 거대 담론에 휩싸이지 않는 삶의 필요성에 대
한 존중, 바로 샤르의 개별적 윤리 의식이다. 샤르가 그림 속
의 촛불 하나에 주목하게 되는 것 또한 그러한 삶의 맥락에
서 헤아려 볼 수 있다.

　　그림 속의 촛불은 한 여인이 "수형인"에게 말을 건
네는 장면을 밝혀 주고 있다. 수척해진 채 오랫동안 고통
을 받은 듯한 "수형인"은 자신이 '시인'임을 밝히지 않았
던 '투사'에게 전쟁의 수난을 떠올리게 한다. 모든 '저항
인'(réfractaire)*들도 방에 걸린 그림을 보며 같은 생각을 한
다. "이태 전부터, 문을 지나며, 그림 속 촛불의 증거들에 눈
이 뜨거워지지 않은 저항인은 없었다." 그런데 촛불이 밝혀
주는 것은 수형인뿐만 아니라 여인과 수형인이 나누고 있는
말이다. 그리고 그 말이 "히틀러의 어둠을 이겨" 낸다("인간
적 존재들과의 대화를 통해 히틀러의 어둠을 이겨 내는 조르주
드 라 투르에게 감사"). 저항하는 투사는 오래된 그림 하나를
묘사하면서 그 속에 깃든 "말"의 힘이 결국 나치의 폭력을 이
겨 낼 것이라고 전언한다.

　　여인은 새겨 말하고, 유폐된 자는 듣는다. 붉은빛 천사의 지
　　상의 실루엣으로부터 떨어지는 말[글]들은 근원적인 말들
　　이며, 즉각적 구원을 지닌 말들이다.

＊　　'réfractaire'는 '저항하는 사람'이라는 뜻과 함께 '프랑스가 점령당했을
　　때 독일에 협력하기를 거부한 사람'을 일컫기도 한다.

전술한 바와 같이 시인은 말이 아니라 행동이 우선 필
요할 때 말을 유예한다. 하지만 오래된 그림 속의 들리지 않
는 이야기, 즉 "근원적인 말"이 "즉각적 구원을 지닌 말"이 되
는 이야기에 귀 기울이고 그것을 전언할 수 있는 자도 시인
이다. 말을 유예할 수 있는 시인이 귀 기울이는 "근원적인
말"은 휴즈가 지적했듯이 "전쟁의 고통으로 드러난 인간의
실체를 잔인하고 공포스럽게 재현하는" 저항시의 메시지와
는 다르다. "붉은빛 천사"로 비유된 그림 속 여인의 "근원적
인 말"은 칸트(Immanuel Kant, 1724~1804)가 언급했던 '대자연'
처럼 숭고의 힘과 연관된다.

> 자연이 우리의 미감적 판단에 있어서 숭고하다고 판정되는
> 것은, 그것이 공포를 일으키는 한에 있어서가 아니라, 오히
> 려 그것이 우리의 내부에 우리의 힘을 불러일으키기 때문이
> 다. (칸트, 2017:129)

시인이 말을 유예하는 동안 도리어 혹은 필연적으로
발견하게 되는 "근원적인 말"은 시대적 상황의 아포리아를
넘어서는 숭고성을 통해 이육사와 긴밀하게 연결된다. 육사
의 저항과 그 의지 또한 원초적인 대자연으로 통합되면서 영

원한 지속성의 지평을 포섭하기 때문이다. 따라서 육사가 자신의 절명시(絶命詩)인 「광야」*에서 요청한 "가난한 노래의 씨"는 샤르가 여인의 "근원적인 말"에서 예감한 시적인 시간, 즉 "숭배의 대상"이 되는 것이 아니라 숭고한 힘을 전언하는 시간으로 옮겨 간다.

> 지금 눈 나리고
> 매화향기 홀로 아득하니
> 내 여기 가난한 노래의 씨를 뿌려라
>
> 다시 천고의 뒤에
> 백마 타고 오는 초인이 있어
> 이 광야에서 목 놓아 부르게 하리라 (시전집:162)

앞에서 언급된 샤르의 작품들은 모두 프랑스가 해방된 이후에 발표된 것들이다. 나치강점기는 문학 장르 중에서 시의 전성 시대였다(Grinfas, 2008:5). 하지만 샤르는 당시

---

*   「광야」는 유고(遺稿)로 남았다. 육사가 북경에 있는 일본 영사관 감옥에서 사망한 후 아우인 이원조가 수습한 절명시다. 해방 후 『자유신문』(1945.12.17)에 게재되었다.

에 자신의 시가 저항 문학이라는 이름으로 언론을 통해 혹은
전단지의 형식으로 발표되는 것을 거부했다. 대신 그는 레지
스탕스에 합류하여 나치와 맞서 직접 싸웠다. 그의 레지스탕
스 동료들조차 그가 시인이라는 것을 해방되고 나서 언론의
지면을 통해 알았을 정도였다. 하지만 그는 전쟁 기간에 계
속 글을 썼다. 시를 쓰기에 시간은 늘 촉박했을 것이고("시인
은 말씀의 성층권에 오래 머물 수 없다"), "말과 폭풍과 얼음과
피가 함께 섞여서 끝나는"(OC:189) 상황은 절박했을 것이다.
동료의 죽음 앞에서 "슬픔으로 머리가 돌아 버리는"(OC:213)
시간을 버텨 내기도 했을 것이다. 때문에 그가 지면에 발표
하지 않는 시들을 계속 써 나간 까닭은 그것이, 시인이 적시
하고 있듯이, "집단적 영광"을 위한 것이 아니라 각자가 죽음
앞에서 맞닥뜨리는 "모든 고독의 척도"들을 버텨 내는 힘이
되었기 때문이다.

　　그는 전쟁 동안 "근원적인 말"이 "즉각적 구원을 지
닌 말"이 되는 순간들을 경험한다. 자연 속에서도 샤르는 당
시에 새롭게 부흥했던 전원시풍의 '힐링 체험'이 아니라 "삶
에 맞선 삶"의 전면전을 재발견하고 체화한다. 시를 쓰기 위
해 사는 것이 아니라, 살기 위해서 시를 쓰는 샤르의 치열한
실존성은 독립투사로서 옥사하기 전까지 열일곱 차례나 투

옥을 당했던 육사의 글쓰기에 가닿는다. 그리고 바로 이러한
점이 동서양의 문학사에서 저항 작가로 평가되고 있는 많은
이들 중에서도 그 두 시인이 국경과 언어를 초월해서 근본적
으로 연결되는 이유이다.

　　육사의 시에서는 샤르의 글쓰기에 나타나는 극한 상
황들의 구체적 정황들을 찾아보기는 쉽지 않다. 샤르가 「히
프노스의 단장」에서 원용하는 대화체적 혹은 일화적 글쓰기
는 이러한 구체성을 담보하는 방법적 틀일 것이다. 반면에
육사 시의 고졸한 형식성과 "초인", "절정", "강철로 된 무지
개"와 같은 상징적인 시어들은 많은 경우 "광복과 해방을 위
한 이데올로기적 의미로 수렴"(정유화, 2006:359)되어 왔다.
하지만 그의 시에 표상되는 극단적 고통과 한계 상황들이 거
의 예외 없이 대자연과 통합되면서 발생하는 근원성과 지속
성의 지평은 그러한 이데올로기적 의미로의 수렴들을 해체
하기도 한다. 이런 점에서 육사의 치열한 실존성은 그의 절
명시(絶命詩)에서 역사를 관통할 뿐만 아니라 자연의 항구성
으로 이어지는 '부름'으로 나타난다.

　　샤르에서 육사로 나아가는 작품 세계의 대비는 동서
양을 막론하고 저항시의 다층적 의미를 짓눌러 온 윤리적 이
분법(협력/저항, 지배/피지배, 민족/반민족, 선/악과 같은 것

들)의 한계를 넘어서 그 외연을 넓혀 보는 시도이기도 하다. 그것은 숭배의 대상이 되는 것을 거부했기에 숭고한 힘을 전언하게 된 시인들에 대한 탐색이다. 또한 "다시 천고의 뒤"*에도 고통받는 자들의 편이 되어 "가난한 노래의 씨를 뿌리"는 시인들의 마음이 동(東)에서 서(西)로, 서에서 동으로 이어짐을 헤아려 보는 일이기도 할 것이다.

---

* 다음과 같은 황현산의 발언은 유효하다. "육사가 조국의 광복이나 민족의 해방만을 염두에 두었다면 '천고'라는 말을 쓰지 않았을 것이다." (황현산, 「이육사의 '광야'를 읽는다」, 『한국일보』, 2014.1.9)

참고문헌

국내

고병권, 「헤라클레이토스의 단편들」, 『문학과 경계』 가을호, 2001.

기형도, 『입 속의 검은 잎』, 문학과지성사, 1991.

김무경, 『자연 회귀의 사회학: 미셸 마페졸리』, 살림, 2007.

김선오, 『나이트 사커』, 아침달, 2020.

김수영, 『김수영 전집 2』, 민음사, 2018.

김영무, 「시와 현실 인식」, 김용직 편, 『이육사』, 서강대출판부, 1995.

김혜순, 『지구가 죽으면 달은 누굴 돌지?』, 문학과지성사, 2022.

김훈, 『바다의 기별』, 생각의 나무, 2008.

나희덕, 『가능주의자』, 문학동네, 2021.

남수인, 「프루스트의 사물, 물건, 장소의 어떤 역할」, 『상명대학교 논문집』
　　제26호, 1990.

데리다, 자크·페라리스, 마우리치오, 『비밀의 취향』, 김민호 옮김, 이학사,
　　2022.

라에르티오스, 디오게네스, 『유명한 철학자들의 생애와 사상』, 김주일 외 옮
　　김, 나남, 2021.

라이, 매튜·이설리스, 스티븐, 『죽기 전에 꼭 들어야 할 클래식 1001』, 이문
　　희·이경아 옮김, 마로니에북스, 2009.

레몽, 마르셀, 『프랑스 현대시사』, 김화영 옮김, 문학과지성사, 1989.

릴케, 라이너 마리아, 『말테의 수기』, 백정승 옮김, 동서문화사, 2014.

문정희, 『오늘은 좀 추운 사랑도 좋아』, 민음사, 2022.

바디우, 알랭, 『참된 삶』, 박성훈 옮김, 글항아리, 2018.

바르트, 롤랑, 『사랑의 단상』, 김희영 옮김, 동문선, 2004.

박두진, 『한국현대시론』, 일조각, 1971.

박준상, 『바깥에서』, 그린비, 2014.

보뱅, 크리스티앙, 『그리움의 정원에서』, 김도연 옮김, 1984books, 2021.

──, 『환희의 인간』, 이주현 옮김, 1984books, 2022.

브르통, 앙드레, 『다다/쉬르레알리슴 선언』, 송재영 옮김, 문학과지성사, 1987.

블랑쇼, 모리스, 『문학의 공간』, 이달승 옮김, 그린비, 2010.

──, 『우정』, 류재화 옮김, 그린비, 2022.

비트겐슈타인, 루트비히, 『논리-철학 논고』, 이영철 옮김, 책세상, 2006.

생텍쥐페리, 앙투안 드, 『인간의 대지』, 허희정 옮김, 펭귄클래식코리아, 2009.

신형철, 『몰락의 에티카』, 문학동네, 2008.

심재중, 「시, 아포리즘, 자동기술」, 『한국프랑스학논집』 제34권, 2001.

──, 「르네 샤르: 시, 사랑, 행동」, 『비교문화연구』 제54호, 2019.

아감벤, 조르조, 『불과 글』, 윤병언 옮김, 책세상, 2016.

아렌트, 한나, 『과거와 미래 사이』, 서유경 옮김, 푸른숲, 2005.

에리봉, 디디에, 『미셸 푸코, 1926~1984』, 박정자 옮김, 그린비, 2012.

오생근, 『초현실주의 시와 문학의 혁명』, 문학과지성사, 2010.

──, 『시의 힘으로 나는 다시 시작한다』, 문학판, 2020.

오세영, 「이육사의 '절정'」, 『한국현대시작품론』, 문장, 1981.

오쇼, 라즈니쉬, 『서양의 붓다: 헤라클레이토스 강론』, 손민규 옮김, 태일출판사, 2013.

워낙, 메리, 『실존주의』, 곽강제·이명숙 옮김, 서광사, 2016.

윤수종, 「들뢰즈·가타리 용어 설명」, 『진보평론』 제31호, 2007.

이건우 외, 『한국근현대문학의 프랑스문학수용』, 서울대학교출판문화원, 2009.

이경수, 「진정 통하였느냐」, 『오늘의 문예비평』 제66호, 2007.

이남호, 「비극적 황홀의 순간 묘파」, 『문학사상』 2월호, 1986.

이봉구, 「육사와 나」, 『문화창조』 3월호, 1947.

이숭원, 「시와 서정」, 『현대시론』, 2010.

이용우, 『미완의 프랑스 과거사』, 푸른역사, 2015.

이육사, 「1934년 문단에 대한 희망: 앙케에트에 대한 응답」, 『형상』(刑象) 2월
　호, 1934.

─── ·박현수, 『원전주해 이육사 시전집』, 예옥, 2008.

이진성, 『프랑스 현대시』, 아카넷, 2008.

이찬규, 「쥘과 필립, 변방에 살다」, 『다층』 여름호, 1999.

───, 『불온한 문화, 프랑스 시인을 찾아서』, 다빈치기프트, 2006.

───, 「Etude de la figure du "passage" chez René Char: quelques exemples」,
　『불어불문학연구』 제69집, 2007.

───, 「가스통 바슐라르 혹은 행복의 생태학」, 『인문과학』 제43집, 2009.

장정일, 『장정일의 악서총람』, 책세상, 2015.

정선아, 「해체 시대의 서정: 프랑스와 한국 현대시의 서정 논의를 중심으
　로」, 『프랑스문화예술연구』 제34집, 2010.

정수복, 『파리의 장소들』, 문학과지성사, 2010.

정유화, 「응축과 확산의 시적 원리와 의미작용: 이육사론」, 『현대문학이론
　연구』 제27권, 2006.

카뮈, 알베르, 『결혼·여름』, 김화영 옮김, 책세상, 1989.

───, 『반항하는 인간』, 김화영 옮김, 민음사, 2021.

카뮈, 알베르·샤르, 르네, 『알베르 카뮈와 르네 샤르의 편지』, 백선희 옮김,
　마음의 숲, 2017.

칸트, 이마누엘, 『판단력비판』, 이석윤 옮김, 박영사, 2017.

콜로, 미셸, 『현대시와 지평 구조』, 정선아 옮김, 문학과지성사, 2003.

탕누어, 『명예, 부, 권력에 대한 사색』, 김택규 옮김, 글항아리, 2020.

페히만, 알렉산더, 『사라진 책들의 도서관』, 김라합 옮김, 문학동네, 2008.

포퍼, 칼, 『열린사회와 그 적들 1』, 이한구 옮김, 민음사, 2006.

푸코, 미셸, 『헤테로토피아』, 이상길 옮김, 문학과지성사, 2014.

피카르트, 막스, 『침묵의 세계』, 최승자 옮김, 까치, 2010.

하라리, 유발, 『극한의 경험』, 김희주 옮김, 옥당, 2017.

하마허, 베르너, 『문헌학, 극소』, 조효원 옮김, 문학과 지성사, 2022.

하이데거, 마르틴, 『시와 철학』, 소광희 옮김, 박영사, 1980.

─────, 『예술작품의 근원』, 오병남·민형원 옮김, 예전사, 1996.

한국문학평론가협회, 『문학비평용어사전』, 국학자료원, 2006.

한국불어권선교회, 『불한성경』, 한국불어권선교회, 2013.

허수경, 『누구도 기억하지 않는 역에서』, 문학과지성사, 2016.

황현산, 「이육사의 '광야'를 읽는다.」, 『한국일보』, 2014.1.9.

휴즈, 스튜어트, 『막다른 길: 프랑스 사회사상, 그 절망의 시대』, 김병익 옮김, 개마고원, 2007.

해외

Bergez, Daniel, *La poésie françaises du XXe siècle*, Bordas, 1986.

Bonnefoy, Yves, *Entretiens sur la poésie 1972-1990*, Mercure de France, 1990.

Breton, André, *Manifestes du surréalisme*, Gallimard, 1929.

Camus, Albert, *La postérité du soleil*, Gallimard, 2009.

───── and Char, René, *Correspondance*, Gallimard, 2007.

Char, Marie Claude, *Pays de René Char*, Flammarion, 2007.

─────, *René Char: faire du chemin avec...*, Palais des Papes, 1990.

Char, René, *Eloge d'une Soupçonnée*, Gallimard, 1988.

Chevalier, Jean, *Dictionnaire des Symboles*, Robert Laffont, 1992.

Collot, Michel, *La poésie moderne et la structure d'horizon*, PUF, 1989.

Combes, Eliane, *L'univers poétique de René Char*, Thèse de Doctorat d'Université de Toulouse, 1980.

Crevel, René, *Détours*, Nouvelle Revue Française, 1924.

Créach, Martine, "Noms de pays: le nom dans *Retour amont*", *La Revue des Lettres modernes: Numéro spécial René Char*, Letters Moderns Minard, 2005.

Delas, Daneil and Filliolet, Jacques, *Linguistique et Poétique*, Larousse, 1973.

Dewulf, Sabine, ‹*La fable du monde*› *de Jules Supervielle*, Bertrand-Lacoste, 2008.

Dubosclard, Joel, *Du surréalisme à la résistance*, Hatier, 1987.

Dupouy, Christine, "La poésie du lieu", *Poésie de langue française 1945-1960*, PUF, 1995.

Eluard, Paul, *Oeuvres complètes*, Gallimard, 1968.

Etiemble, René, *Supervielle*, Gallimard, 1960.

Foucault, Michel, *Folie et Déraison: Histoire de la Folie à l'âge classique*, Plon, 1961.

Grinfas, Josiane, *La Résistance en poésie, des Poèmes pour résister*, Magnard, 2008.

Guattari, Félix, *Les trois écologies*, Galilée, 1989.

Guerre, Pierre, *René Char*, Seghers, 1971.

Heidegger, Martin, *Acheminement vers la parole*, Gallimard, 1976.

Joubert, Jean Louis, *La poésie*, Armand Colin, 2015.

Lancaster, Rosemary, *La poésie éclatée de René Char*, Rodopi, 1994.

Leclaire, Danièle and Née, Patrick, *Dictionnaire René Char*, Garnier, 2015.

Lotman, Iuri, *La structure du texte artistique*, Gallimard, 1973.

Lukermann, F., "Geography as a formal intellectual discipline and the way in which it contributes to human knowledge", *Canadian Geographer*, vol.8, 1964.

Marty, Eric, *René Char*, Seuil, 1990.

Mathieu, Jean Claude, *La poésie de René Char ou Le sel de la Splendeur* II, José Corti, 1985.

Maulpoix, Jean Michel, *Fureur et mystère de René Char*, Gallimard, 1996.

Merleau-Ponty, *Phénoménologie de la perception*, Gallimard, 1945.

Montandon, Alain, *Les Formes brèves*, Hachette, 1992.

Mounin, Georges, *Avez-vous lu Char?*, Gallimard, 1947.

Pénard, Jean, "Un bestiaire de René Char", *SUD*, 1984.

————, *Rencontre avec René Char*, José Corti, 1991.

Pinson, Jean-Claude, *Habiter en poèt: Essai sur la poésie contemporaine*, Champ Vallon, 1995.

————, *A Piatigorsk, sur la poésie*, Cèlile Defaut, 2008.

Poulet, Georges, *Etudes sur le temps humain* 3, Plon, 1964.

Richard, Jean-Pierre, *Onze études sur la poésie moderne*, Seuil, 1964.

Rimbaud, Arthur, *Œuvres complètes*, Flammarion, 2010.

Roy, Claude, *Jules Supervielle*, Seghers, 1970.

Supervielle, Jules, *Œuvres poétiques complètes de Jules Supervielle*, La Pléiade, Gallimard, 1996.

Veyne, Paul, *René Char en ses poèmes*, Gallimard, 1990.

Viegnes, Michel, *René Char*, Hatier, 1994.

Voellmy, Jean, *René Char ou le mystère partagé*, Champ Vallon, 1989.

Wieviorka, Olivier, *La mémoire désunie, le souvenir politique des années sombres, de la Libération à nos jours*, Seuil, 2010.

르네 샤르 작품 찾아보기